來自遙遠明日的妳
下
From the Distant Tomorrow
Misa——著
短暫相愛一場，
已是他們所能擁有的最好的幸福。

楔子

她站在房間裡環顧四周，牆壁是白的，地板是白的，天花板也是白的。剛才船上那位女服務生對她說，麻旦家族的人要見她，所以她才會來到這裡。

可是，麻旦家族的人爲什麼要見她？

她不過是個平凡的學生，跟其他永平人沒什麼兩樣……好吧，這話有些不盡不實，她的外貌的確和永平人不同，據說中央政府每隔一段時間，便會特意培育出符合西元時期亞洲人樣貌的人，不知道是不是有什麼特殊目的，或者也有可能只是單純要大家莫要忘本吧。

今天下午，她跟著一批同樣年滿十八歲的學生搭上大型輪船，由第二大陸遷往第三大陸定居，途中當她坐在艙房裡的窗邊，遠遠凝視著一生或許只能見到一次的第一大陸時，一位女服務生過來敲響了房門，告訴她麻旦家族的人要見她，並安排她搭上潛水艇，來到第一大陸。

她從潛水艇出來，見到一名黑髮綠眼的男人，目測年約二十多歲，他站在不遠處微笑看著她。

「我叫佛得，歡迎妳，請跟我來。」

話聲方落，他率先走向電梯，她連忙跟隨在後。

出了電梯，佛得點擊牆上的感應螢幕，螢幕射出藍光掃描佛得全身，在確認過他的身分後，前方一道白色的門剎時開啟。

在佛得的帶領下，她走在一條又一條陌生的長廊上，視線所及皆是一片白色。約莫五分鐘後，佛得停下腳步，要她獨自進入另一座電梯。

「文妲在樓上等妳。」

她略微睜圓了眼睛，想見她的人竟然是文妲，為何永平的最高領導人要接見自己？驚訝之餘，同時她也有些許興奮，要知道大多數人終其一生都沒有機會見到文妲本人。

她覺得自己是何等的幸運。

「歡迎妳，羅貝斯。」

電梯門打開，她來到另一間更大更空曠的房間。她遲疑地往前走了幾步，聽見一個女人的聲音在身側一段距離外響起。

她驚訝地轉過頭，看見一位身穿藍色連身裙的女性，身材高瘦，一頭銀色長髮委地，那雙綠色的眼珠美麗得讓人一見難忘。

「爲了人類的永續生存，妳願意付出什麼？」文姮微微瞇起眼睛。

「只要是爲了人類，我願意付出一切。」羅貝斯答得毫不猶豫。

對於羅貝斯的回答，文姮並不意外：「我有個任務要交付給妳。」

能被文姮召見已經備感榮幸，更別說文姮還親自指派任務給她，羅貝斯幾乎沒有考慮，也沒進一步瞭解任務內容，便點頭答應。

「我要妳到西元去，在十年間，努力成爲炙手可熱的新聞主播，並跨足主持界。」然而文姮交代給羅貝斯的任務，卻是她始料未及的。

「西元？妳是說……滅亡的西元時期？我要怎麼……」羅貝斯驀地止住話，注意到文姮身後停著一架包裹著半透明金屬外殼的大型球狀機器。

「是的，請妳搭乘時光機回到西元，在十年間成爲一名成功的主播與主持人，並賺取大筆金錢，讓之後前往西元的永平人在經濟上無後顧之憂。」文姮嘴角浮現一絲似有若無的微笑。

羅貝斯仔細端詳那架球狀機器，她過去就曾聽聞時光機的存在，各方學者也多次熱烈討論時光穿越可能造成的後果，至今仍未有明確的定論。

不過所有永平人都認定，身爲厤旦家族掌權者的文姮，所說出的話與做出的決定都不會有錯，更不容置疑，因此羅貝斯在初始的驚愕過後，便理所當然地接受了文姮指派的任務。

她只實事求是地問：「我要怎麼做？我在西元沒有任何謀生能力，也沒有認識的人……」

「我不知道，那些都是妳到了西元之後要自己想辦法解決的。到了那裡，有幾項要求妳必須嚴格遵守，第一，即便成爲知名的主播和主持人，妳行事依然要保持神祕低調；第二，妳的名字是傅采茜；第三，妳必須至少出一本書。」

羅貝斯心中頓時湧現許多困惑，文妲爲何會提出這三項要求？第一項要求就算了，自己來自永平，本來就該行事低調，讓人難以查探她的眞正來歷，但第二項和第三項要求就顯得頗爲莫名其妙。

「我明白了。」然而她很快收起困惑，如此答道。

她永遠不會懷疑文妲，不會懷疑麻旦家族的成員。

永平是麻旦家族一手創建，在西元滅亡後、永平建立前的近千年間，是麻旦家族站出來帶領人類，建造超越西元時代的新文明。

麻旦家族等於是人類的再造之神，他們所做出的任何決策，都是以人類福祉爲重。

「羅貝斯，妳還有個最最重要的任務。」文妲眼神認眞，語氣無比嚴肅。

「什麼任務？」羅貝斯難得緊張地嚥了口口水。

文妲輕聲開口——

第一章　她來自很久很久以後的未來

張析宇的嘴唇輕柔吻過荏苒光裸背上的每一吋肌膚，修長的手指撫過她的小腿、膝蓋，一路往上至大腿根部，讓她發出一聲低低的喘息，她羞澀地挪動身體躲避，試圖推開他。

他輕輕一笑，捉住她毫無力道的指尖，張口舔舐。

荏苒羞紅了臉，要他快點打住，但張析宇才不想停下，他吻上荏苒的唇，漸漸從輕啄變成深吻，荏苒喘不過氣，張口欲汲取空氣，卻被張析宇再次找到空隙滑進了舌。

荏苒伸手推搡張析宇有些健壯的胸膛，卻軟弱無力得像是欲拒還迎。張析宇一手箝制住荏苒的雙手高舉過頭，另一手則拉起她的右腿扣上自己的腰，隨後貼近她的身軀，緩緩推進。

「啊……」荏苒發出呻吟，聲音被他吞沒在唇齒之間。

她並非不解男女情事，也明白文姮指派那個任務給她，就表示她必須得和西元男人上床。

對此她並未太過在意，這不是說她不在乎自己第一次發生性關係的對象，而是對永平人而言，人類共同的長遠利益更加重要。

當荏苒決定與張析宇肌膚相親，某種層面上而言，她等於是拋棄了任務，甚至她還對張析宇說自己不回永平了。

儘管說出那句話的當下，她處於意亂情迷的狀態，但所言確實出於眞心，她想陪伴在張析宇身邊，把瀕臨崩潰邊緣的他拉回來。她同時也忍不住想，會不會上床也是一種「陪伴」？她與張析宇上床，其實只是在完成文妲指派的任務之一。

然而她還來不及深思，就被張析宇帶給她的快感淹沒。

她注意到張析宇有做保護措施。

或許不管她和他再如何被情感左右，仍保有一絲理性，並未將現實全數拋諸腦後。

荏苒感受著張析宇身上炙熱的體溫，與他繾綣交纏，一邊沉迷性愛的歡愉，一邊對於這一切隱隱感到不安。

★

「欸，妳最近怎麼了嗎？」薛姍姍皺著眉頭，目光不斷上下打量坐在桌子對面的荏苒。

「哪、哪有怎麼了。」荏苒不自在地側轉過頭，拿起吸管攪動杯裡的飲料。

「妳喝的是綠茶，是在攪什麼？」薛姍姍挑起一邊眉毛，眼中射出精光，「一定有鬼啊，妳之前老是一臉呆樣，怎麼現在看起來好像變得精明不少。」

「我、我本來就很精明。」荏苒不服氣地辯解，心說薛姍姍那是什麼莫名其妙的推論呀！

「……那張析宇最近還好嗎？」薛姍姍切入正題。

張析宇的家人全部死於一場人爲縱火事故，住家也付之一炬，讓他傷心欲絕，雖然父母留下的保險金能讓他暫時生活無虞，但他內心的傷痛卻不是金錢可以撫平的。見張析宇無家可歸，荏苒主動提議讓張析宇住進她家，希望能支持他度過這段艱難的日子。

自家中遭逢大變後，張析宇沒再去過學校，終日在家閉門不出；出於體恤，學校師長也都表示張析宇只要出席考試即可。荏苒放心不下，漸漸地，她也不再去學校上課，整天都待在家裡陪伴張析宇。

李聿融和薛姍姍幾次上門慰問，張析宇卻不願意見他們，只由荏苒出面與兩人前往附近的餐廳用餐，她再外帶餐點回去給張析宇吃。

事發將近一個月後，荏苒終於再次出現在學校，這讓薛姍姍非常高興。

只是眼尖的薛姍姍很快發覺荏苒不太對勁。

根據她身爲女人的直覺，這絕對與張析宇有關！

上次她和荏苒、張析宇、李聿融四人一起去遊樂園玩，當時荏苒和張析宇之間就曖昧得要命，而後又這麼長時間孤男寡女共處一室，兩人之間的關係絕對有了其他進展。

「他今天也來學校上課了。」荏苒將長髮撥至耳後，有些疑惑地看著薛姍姍，「難道妳今天上課沒遇到他？」

「我早上上的是通識課，他沒有修那門課。奇怪，李聿融怎麼沒跟我說？」薛姍姍邊說邊點開手機裡的訊息頁面，手指在螢幕上滑動。

這下子換荏苒的眼光帶上好奇了，「妳和李聿融現在……」

「就那樣，我決定不要喜歡他了。」薛姍姍口中雖然這麼說，眼睛卻盯著手機螢幕，嘴角浮現淺淺的笑意。

「不要喜歡他卻繼續和他傳訊息？」

「我的事可輪不到妳這個戀愛菜鳥說嘴。」薛姍姍推了推荏苒，呶呶嘴道：「況且我現在的心情很奇怪，對李聿融雖然沒以前那麼上心，但也不是短時間內就能做到完全不喜歡他。也不知道算不算是因禍得福，我找到一個能做自己、也能繼續喜歡他的折衷狀態，這讓我覺得很不可思議。」

「我以爲妳剛剛的意思是要放棄李聿融了。」

「原本是這樣沒錯，但喜歡一個人的心情無法說放就放。我只是忽然發現，原來我可以一邊做自己，同時也能夠好好地喜歡一個人。」薛姍姍聳聳肩，「以前我總認爲對一段感情要全心投入到失去自我，才叫做喜歡。」

對於這般幽微複雜的心情，荏苒似乎理解，卻又不那麼明白。

「妳對張析宇應該沒有這樣的感覺吧。」

「什麼感覺？」

「這種既矛盾又猶豫的心情。」薛姍姍拍拍荏苒的肩膀，「最近辛苦妳了，陪他走過這段艱難的時期。我們都幫不上忙。」

「我不覺得是辛苦。」荏苒說。她當初剛來到西元時，是張析宇耐心陪在她的身邊，如今換她陪在他身邊了。

「不過，妳是什麼時候喜歡上張析宇的？」薛姍姍忽然問。

茌苒不知如何回應，喃喃道：「喜歡到底是什麼？」

「妳是國中生嗎？到現在還無法分辨喜歡的感覺？」薛姍姍先是失笑，在看見茌苒臉上的神情後，才意識到她是認眞的。「妳還搞不清楚喜歡的心情，就和張析宇上床了？」

這句話讓茌苒瞬間脹紅臉，支吾道：「妳、妳怎麼……」

「我一看就知道了呀！欸，我以前聽過一種說法，女生上過床會變漂亮……」

「所以我變漂亮了？」茌苒下意識摸摸自己的臉頰。

「不是，妳長相沒變，但看起來就是有哪裡不一樣了，加上你們這段時間都待在同一個屋簷下，會這樣很正常呀！」薛姍姍偷笑，「況且妳剛才那句話，簡直不打自招。」

「妳、妳很討厭。」茌苒伸手打了薛姍姍一下。

「個性好像也不太一樣了。」薛姍姍又笑了，「妳現在明白我在遊樂園跟妳說的話了嗎？」

「什麼話？」

「妳和張析宇上床，是爲了生小孩嗎？不是吧？是因爲喜歡他對吧？」薛姍姍得意洋洋地抬起下巴。

荏苒卻停下動作，她明白肌膚之親和生小孩不會畫上等號，且張析宇也有做防護措施，嚴格說起來，她還是可以在和張析宇有過肌膚之親後，再接著與李聿融完成任務。

只是……只是，她陷入了猶豫。

儘管當下荏苒被感性驅使，願意放棄任務，永遠陪伴在張析宇身旁，永遠待在西元時期。可是當激情退去後，她想到了永平的一切。

況且她長久留在這裡，眞的不會改變歷史的軌跡嗎？不會因爲她的這個決定而造成難以挽回的蝴蝶效應嗎？

她背負著文姐交付的任務來到好幾千年前的西元時期，怎麼能爲男女情愛而背棄永平？那太自私了。

見荏苒不說話，薛姍姍搖了搖她的肩膀，「荏苒，妳怎麼了？」

「啊，沒有……」荏苒緊咬下唇，在張品庭死去後，薛姍姍幾乎是她在西元唯一親近的朋友了，所以她決定徵詢薛姍姍的意見。「假如家人希望妳和某個人生下孩子，讓整個家族往後能平步青雲，更甚至能安全無虞，而妳也覺得自己應該要這麼做，只是到了後來，卻因爲其他出乎意料的際遇，導致妳陷入猶豫……」

「我會選我所愛喔。」薛姍姍不等荏苒問完便答。

「妳的家族可能因此碰上難關……」

「嗯，但我還是會選我所愛。」薛姍姍篤定答道。

荏苒認爲自己沒講清楚將要面臨的危機，「妳的家人很有可能會死。」

薛姍姍眉頭一皺，「死？爲什麼？情況這麼嚴重？」

荏苒轉動眼珠，苦惱著要如何解釋更爲恰當，她想起前陣子和張析宇一起看的電視劇，便說：「或者妳可以理解爲，對方是黑道世家，要是妳不跟對方結婚，妳的整個家族都會被滅門。」

薛姍姍認眞思索片刻，不慌不忙道：「如果說，我的家族自我小時候就始終待我恩重如山，做人要飮水思源，或許我確實該要以家族利益爲重，嫁入黑道世家，而最好也最幸運的結果是我能夠眞心愛上對方，否則這場婚姻不等於把自己推入地獄嗎？不過，我是覺得妳的舉例太極端，一旦用上生死作爲要脅，就會變得很像是在道德挾持。」

「那如果沒有生死問題，妳就會選擇自己所愛？」

「當然！」

「即便可能背棄家族？」

薛姍姍失笑，「將整個家族的未來壓在一個人身上，不覺得這樣的家族也太過分了嗎？」

「西元人都是這麼爲自己著想嗎？」荏苒想起張析宇也說過類似的話。

「不然要爲誰著想？妳要是不爲自己著想，還有誰會爲妳著想？況且人本來就該爲自己負責，妳過得不好，很多時候不能怪別人，自己也得負起很大一部分責任。」

薛姍姍侃侃而談，這番話帶著幾分天眞與理直氣壯。

若是生長在安穩無憂的年代，所有人都爲了自己而活，那樣也沒什麼不好。然而，永平的未來被籠罩在人類即將滅絕的陰影之下，荏苒無法自私地嚷嚷著要爲自己而活，她身繫的不僅是一整個家族的命運，而是全人類。

見荏苒陷入沉默，一個猜測閃過薛姍姍的心頭，她遲疑地問道：「荏苒，妳剛剛是在說妳自己嗎？難道妳出身顯赫，所以才會無法決定自己的未來，必須要遵從家族的安排？」

即便已然是二〇二〇年，某些財團權貴子女也無法自行選擇嫁娶對象，對他們來說，婚姻更多的是出於商業利益考量。

「倒不是，我家很普通啦。」荏苒聳肩，其實她連所謂的「家」都沒有。

「呵呵。」薛姍姍輕輕一笑。

荏苒抬眼看她，「怎麼了？」

「我覺得妳心裡已經有了答案。」

荏苒手指捏緊吸管，「什麼意思？」

「妳認爲爲自己著想是一種罪，妳有很大的機率會遵循家族的安排，接受家族指派的婚嫁對象。」

「我並沒這麼……」荏苒倏地止住話，她發現自己無法全盤否認薛姍姍的說法。

「好啦，我剛是跟妳開玩笑的啦，我看得出妳仍在兩難猶豫，天秤兩邊的重量相差無幾，不過在這種時候，只要某一邊再加重那麼一點重量，或是減少那麼一點重量，就會影響妳最後做出的抉擇。」薛姍姍看了眼手上震動的手機，起身穿上外套，「李聿融說他看見張析宇了，我也差不多該去上課了。」

「啊，我還想問妳最後一個問題，要是選擇不聽從家裡人的安排，然後整個家族的人都因此而喪生，妳不會感到愧疚或後悔嗎？」荏苒慌慌張張地跟著起身，對著薛姍姍離去的背影高喊。

薛姍姍停下腳步，回過頭看著荏苒，表情玩味，彷彿她問了什麼好笑的問題似的，「妳覺得逼迫妳做出妳不願意的事的家人，還算是家人嗎？」

「這……」荏苒一時語塞。

「我認爲呀，眞正的家人不會逼我做我不想做的事，但要是我心甘情願犧牲，那又另當別論了。」薛姍姍擺擺手。

薛姍姍用的是「犧牲」這個詞。

荏苒頓時如遭雷殛，呆愣在原地。

是啊，眞正的家人是什麼？自己眞的有家人嗎？她在永平沒有父母、沒有兄弟姊妹，和永平那些朋友的情誼，也完全不能與西元所謂的「家人」相提並論。

「家人確實是很特別的存在。即便我每天都會揍析宇，但是無論發生任何事，我都會站在他那邊。」

張品庭曾這麼對荏苒說過。

眞正的家人應該是像張家人那樣，無條件成爲彼此的後盾，而非在緊急情況發生時，把家人推出去爲家族「犧牲」。

比起永平，荏苒覺得自己更認同西元人的價値觀，也更能在西元找到歸屬感。

但是爲什麼會這樣？

明明她自小在永平長大，卻始終覺得自己在那邊格格不入，最後竟在西元找到容身之地？

「喂！」薛姍姍忽然大聲叫她。

荏苒看過去，只見薛姍姍朝她拋出一樣東西，荏苒連忙伸手接住，定睛一看，是一管護唇膏。

「妳嘴唇都裂開了，好好保養一下吧，不然怎麼跟張析宇……」薛姍姍噘起嘴巴，並用手指輕點雙唇好幾下。

荏苒會意過來，瞬間臉上一紅，而薛姍姍笑了起來，用力對她揮揮手，轉身往教學大樓快步走去。

看著掌心那管護唇膏，荏苒不禁濕了眼眶。

來到西元後，她不時接收到旁人的關心，一次、兩次、三次……這樣細瑣的關心逐次積累下來，在她心中久久不曾散去。或許就是因為感受到這樣的關心，她才會覺得自己在西元找到歸屬吧。

薛姍姍所言極有道理，既然她還會猶豫不決，表示對於此刻的她而言，天秤兩端都一樣重要，所以她必須再花點時間仔細評斷，才能做下最後的決定。

化妝師為傅采茜輕輕刷上一層帶點珠光的蜜粉定妝，傅采茜膚況甚好，無須過多修飾，完妝後的她看起來亮麗可人。

「傅主播，這是待會的訪綱。」助理遞上一小疊資料，但傅采茜只是微微頷首，並沒有接過。

「你是新來的嗎？傅主播向來不需要訪綱，她早就都準備好了。」化妝師插話，多年來她一直為傅采茜梳化，很理解傅采茜的工作習慣與專業素養。

「對不起，我不清楚！」助理趕緊道歉，這的確是他第一次和傅采茜合作。

「沒關係，你也只是做好自己分內的工作。」傅采茜笑了笑。

助理感激地看了她一眼，連忙上前替她別上收音麥克風和耳麥。

當傅采茜走進攝影棚時，場務正在向一群記者交代不能問起她的緋聞。

「憑什麼要我們不能問？你又不是傅采茜的經紀人。」此舉自然引來記者群的不滿，他們本就是為了她的緋聞而來。

「今天節目的主題是探討人權，在這樣的場合提問傅小姐的個人隱私，你認為恰當嗎？」場務也沒好氣地回。

「我管你節目主題是什麼，我們就是針對傅采茜的緋聞過來的！」一名記者大聲抱怨。

「各位記者朋友們好。」傅采茜掛起微笑走上前去，高跟鞋在地面發出清脆的聲響。

傅采茜喜歡高跟鞋，高跟鞋步行時帶起的敲擊聲響，向他人提示了她的到來，也在一定程度上爲對方帶來壓力。

記者們一見傅采茜出現，立刻宛如嗅到血腥味的鯊群，爭先恐後圍了過來，七、八隻麥克風堵在她面前，鎂光燈接連閃爍。傅采茜向來潔身自愛，這還是她入行多年以來首次傳出緋聞，自然引來媒體競相追逐報導。

「謝謝大家這麼關心我，還爲了我特地過來一趟，眞是不好意思。」傅采茜朝各家媒體記者微微鞠躬。

記者們都因爲她謙遜有禮的姿態，態度跟著和緩不少，不再那麼咄咄逼人。

「想請問妳和涂製作人……」

「我很願意接受大家的採訪，但請容我先主持完這個節目，畢竟這是場直播，有時間壓力的，謝謝各位。」傅采茜不卑不亢地說，溫和的目光一一掃視過圍繞著她的每一名記者。

記者們互相交換過一記眼神，不約而同讓出一條通道，傅采茜微微一笑，款款前行，走上舞臺。

「請現場保持安靜，來！五、四、三……」導播高喊。

已在臺上站定的傅采茜露出笑容，沉穩地開口：「歡迎收看今晚的〈傅采茜帶你看世界〉！」

攝影棚裡，眾人的關注焦點都集中在傅采茜身上。臺風穩健的傅采茜表現一如往常，口齒清晰，思緒敏捷，沒有人知道，此刻的她，並未將全部的心思放在節目上，更多的是想著她放在休息室包包裡的，那顆紅色的塑膠球。

★

「妳有聽傅采茜提過那個涂姓製作人嗎？」張析宇和荏苒坐在客廳一面吃晚餐，一面觀看傅采茜的直播節目，他忍不住問荏苒。

荏苒搖頭，自從張析宇家中遭逢巨變後，她已經有好長一段時間沒見過傅采茜了，兩人只透過LINE聯絡，當時傅采茜要她暫時先別管任務了。

張析宇不再多問，與荏苒一同繼續安靜看電視。吃完晚餐，荏苒站起身，將碗盤拿到廚房的流理臺清洗，張析宇跟了過來，不發一語站在一旁，過了半晌才忽然從背後環抱住她。

荏苒還來不及說話，張析宇那雙不安份的手已按在她的大腿與腰間來回撫摸。自兩人跨越了最後一道防線後，張析宇便時不時主動碰觸她的身體，荏苒並不反感，甚至也喜歡與他肢體交纏，只是……

「等一下……」荏苒輕輕推了張析宇一把。

張析宇沒料到會被拒絕，往後退開一小步，低頭看著地板，「妳後悔了？」

「我沒有。」

「那爲什麼要拒絕我？難道妳還想著要回永平？還想著要完成那個該死的任務？」現在的張析宇就像隻敏感的刺蝟，只要一有風吹草動，便會豎起身上的尖刺，防禦心極強。

「我只是覺得……我們好像老是在……做這種事。」荏苒自己講起來都覺得羞澀，雙頰染上鮮豔欲滴的緋色，「我們不能偶爾出去玩嗎？」

「出去……」張析宇喃喃道。

「對啊，就像之前我們一起去遊樂園，或是一起去外面吃飯、看電影那樣，我想……也許我們……」荏苒深吸一口氣，再緩緩吐出，「總覺得我們交往的順序好像有點錯了，是不是該要好好約會，再走到上床這一步呢？」

「反正最終都會上床，幹麼在乎順序？」張析宇別過頭，語氣平板，「這只是妳拒絕我的藉口吧。」

「我不是這個意思……」面對渾身帶刺的張析宇，荏苒覺得很無力，好像無論她怎麼說，都會被他解讀成自己想要離開。

張析宇儼然成了個失去安全感的孩子，老是擔心自己會被荏苒拋下，就像他的家人在一夕之間離他而去一樣，所以他只能用一種幾乎是蠻不講理的方式，把荏苒綁在身邊。

他已經相信荏苒確實是來自遙遠的未來，而他也明白，自己和荏苒根本不可能長相廝守，荏苒隨時都會離去，離開他去找李聿融完成任務，或者離開他返回永平。至於她會在什麼時候離開，可能是五年後，或者五個月後，當然也可能是明天。

只要一想到這些，他便像發了瘋似的想把荏苒綁在身邊，讓荏苒一刻不離開他的視線，即便他清楚知道，這麼做也許會將荏苒越推越遠。

的確，張析宇遭逢了不幸，但這並不能成爲他不善待他人的理由，可是他變得不太記得該如何和顏悅色好好待人，他沒辦法再對這個世界溫柔相待。

是這個殘酷的世界先辜負了他。

儘管如此，張析宇每次都還是會爲自己對荏苒說出的話感到後悔，但每次他還是只會說出這樣的話。他知道荏苒爲此受到傷害，可他控制不了自己。

然而荏苒並未因此退縮，即便她被張析宇身上的尖刺所傷，她還是想要張開雙臂貼近他。

她輕聲喊了張析宇的名字，嗓音堅定且不容拒絕，讓張析宇不由得抬起頭，迎向她帶著暖意的目光。

「我的確很猶豫，不知道該怎麼選擇。畢竟我來自永平，我有我肩負的使命，但是我想陪著你這件事也是千眞萬確的。」荏苒老實說出內心的想法。人與人之間的相處，相互猜忌是最要不得的，若不能處理得當，很有可能將導致信任瓦解。雖然只來西元不到一年，荏苒對這點已深有所體悟。

親耳聽見荏苒坦承她還在猶豫，張析宇心中一痛，悄悄捏緊了拳頭，「所以妳還是要去和李聿融上床，是這個意思嗎？」

荏苒搖頭，抿了抿唇，雙眼淚光瑩瑩，「我不會那麼做，那等於是背叛你；但如果我不那麼做，就等於背叛了文姐，也背叛了整個永平。雖然身爲永平人的我，沒能擁有像你那樣親密無間的家人，但所有的永平人都是我的家人，我不能就這樣背棄他們。」

說完，一滴淚珠沿著她的面頰緩緩落下。

張析宇本來還想說些什麼，在看見荏苒的淚水與微微顫抖的身軀後，他頓時明白自己不能無限上綱，強行逼迫荏苒留在自己身邊是沒有用的，對荏苒也不公平。

「……我希望妳永遠留在這裡，留在我身邊。」沉默片刻，他輕聲說出他心底的渴望，「妳呢？」

「我也如此希望。」荏苒嘴角浮現一抹淒楚的笑意。

在找到完美的解決方法前，他們之間也許只能先暫時這樣了，只要知道彼此是眞心相待，那就夠了。

「我們找一天去看海吧。」爲了掙脫心魔，也爲了讓荏苒開心，張析宇主動提議，接著望向放在櫃子上的三個小骨灰罈，「把他們也帶去。」

見張析宇終於能心平氣和提起逝去的家人，荏苒稍稍放下心來，破涕爲笑，「也讓他們看看海嗎？」

「嗯，其實很久以前，爸媽就曾經討論過身後事，我們全家都希望能海葬。」他打開櫃子抽屜，拿出文件夾，裡頭放著三份海葬申請書，「公祭那天，我塡妥了海葬的申請資料，只是我一直不想把他們送走。」

荏苒上前握住張析宇的手，與他相視而笑。

這是自火災發生後，兩人第一次露出由衷的笑容。

★

參與聯合海葬的日期確定後，荏苒和張析宇在當天帶著骨灰罈來到漁人碼頭岸邊，與趙恩洸的家人會合，他們也同意讓兒子與張品庭一同徜徉在大海中。

那天風和日麗，陽光明亮卻不扎人，船上還有其他同樣來爲逝者施行海葬的家屬和親友，氣氛雖有些哀傷，但更多的是願意放手的釋然。

遊艇從漁人碼頭出發，駛離岸邊來到法定可拋灑骨灰之海域，再由家屬懷著莊重的心情，將裝入可分解布袋的骨灰灑入海中。

這是荏苒初次經歷所謂的「死亡」，雖然哀傷且心痛，但也被生者的堅強所深深觸動。來到西元這段期間，荏苒覺得自己在心靈上的收穫，遠比在永平生活的十八年還要來得多。

從她的角度只看得見張析宇的側臉，他眉毛緊蹙，下巴線條緊繃，神色剛毅，眼睛緊盯著海面，看著幾個布包緩緩下沉。她將目光落向遠方，這片廣闊的大海將承載生者對死者無盡的思念。

荏苒將頭輕靠在張析宇的肩上，並挽著他的手臂，用行動告訴他，自己會在這裡陪著他。

「這些日子讓妳受苦了……我不能因爲自己的傷痛，而把痛苦強加於妳身上……他們是我的家人，妳也有妳的家人。」張析宇嗓音沙啞，看向荏苒的雙眼帶了點濕意，「也許我們能各退一步。」

「各退一步？」

「如果去做人工受孕呢？用妳的卵子和李聿融的精子。」他提出折衷的辦法。

荏苒卻搖頭，「我也和文姮做過這個建議，但文姮說失敗機率太高……」

「我不明白爲什麼文姮會覺得失敗機率太高，在我們這個時代，人工受孕的技術已經發展得很成熟了。」張析宇握緊她的手，「文姮不會知道那個孩子是怎麼來的，她只是要一個基因完美的孩子罷了，至於是不是妳生下來的，那不重要。」

荏苒低頭思索，越想越覺得或許能試試看。

「但是人工受孕需要一大筆費用，我們可能要找傅采茜幫忙。」

「她會幫妳嗎？」張析宇皺眉，「我不太相信。」

以現實面來看，若不尋求外援，他們目前並沒有能力支付這筆費用，於是兩人陷入沉默，靜靜地看著遊艇在海面上製造出翻飛的浪花。

★

回到岸邊後，荏苒和張析宇十指交扣，在淡水老街漫步，品嘗了幾樣當地美食。傍晚則坐在在淡水河畔，一邊享受微風吹拂，一邊欣賞街頭藝人演唱，偶爾相視而笑，沒有言語交談，也沒有過多的肢體接觸，荏苒卻覺得在這一刻，他們比任何時候都還要接近彼此。

兩人濃情蜜意地回到荏苒住的那棟大樓，發現穿著套裝與高跟鞋的傅采茜正站在大門前輸入密碼。傅采茜透過玻璃的反射瞥見張析宇和荏苒的身影，便轉過頭去，視線停留在兩人交握的手上。荏苒頓時有些心虛，想要把手抽回去，張析宇卻用上了力道，不讓荏苒抽手。

傅采茜帶著倦意的雙眼盯著兩人緊緊交握的手半晌，最後才淡淡地說：「先上樓吧，我有話想說。」

荏苒有些不安，抿唇看向張析宇，後者用眼神示意她不需要擔心，兩人跟在傅采茜身後步入電梯。

一直到走進五〇三室前，三個人都一聲不吭。進到家門後，張析宇才鬆開了荏苒的手，而荏苒趕緊去倒了三杯飲料。傅采茜看起來十分疲憊，一手撐著額頭，閉著眼睛坐在沙發上休息。

「妳還好嗎？」張析宇問。

「我來到西元後，最常聽到的一句話就是『妳還好嗎』。以前在永平，我從來沒聽過這樣的話，也從來不認爲自己需要這樣的話。」傅采茜緩緩張開眼睛，注視著坐在一旁的張析宇，「西元眞是不可思議。」

「我們看到新聞了，妳承認了和涂製作人的戀情。」荏苒抿抿唇，「這樣……永平那邊……」

傅采茜從包包拿出那顆紅色塑膠球遞給她，塑膠球的外殼上刻著今天的日期。

「這是……」荏苒驚呼，忍不住轉頭看向張析宇。

「看來，我果然是妳的第三個任務。」他唏噓地說，並無不悅。

「打開來吧。」傅采茜的聲音輕飄飄的，相較之下，荏苒覺得手中的紅球異常沉重。

她好怕打開，好怕看見裡頭的紙條。

見荏苒遲疑不決，張析宇接過她手中的球，毫不猶豫地扭開，並打開裡頭那張摺起來的紙條。

妳的第三個任務是陪伴張析宇重新找回生活重心。

而留在西元的妳，就是他生活裡的重心。

兩人讀完紙條，面面相覷，這是什麼意思？

「意思是，妳必須永遠留在西元，才算是完成第三個任務，然後妳才能完成終極任務。」傅采茜彷彿早就知道紙條內容。

「所以我……能夠一直待在這裡？」茌苒不敢置信，眼眶迅速蒙上一層淚光。

「我想文姐應該告訴過妳，要妳感受西元的一切，包括體會、學習人類該有的情感，再與擁有完美基因的男人生下孩子，對吧？其實這並非她眞正的期望，她眞正想要的是妳和深愛的男人生下孩子。當向來以永平人未來爲重的妳，竟然願意爲了一個男人違背文姐的命令時，代表妳已經深深愛上了那個男人，而妳和那個男人所生下的孩子，才能夠扭轉永平人的未來，畢竟永平人需要的是重拾身爲人類的情感啊。」

這消息來得太突然，讓茌苒和張析宇都呆住了。

茌苒想到在離開永平前，佛得曾對她說：

「妳會懂得的，妳會奮不顧身，拋下一切去愛。」

荏苒喜極而泣，沒想到這些日子以來懸在心上的煩惱，竟如此簡單就獲得解決，她忍不住與張析宇緊緊相擁。

待激動的情緒平復了些，荏苒離開張析宇的懷抱，帶著些許嗔意地看向傅采茜，「妳為什麼不一開始就告訴我，讓我們過得這麼折磨？」

「當然不能事先告訴妳，必須在妳不知情的情況下，才能檢驗出妳對張析宇的愛情是否足夠深刻。」傅采茜聳肩。

忽然間，荏苒意識到一件重要的事，她必須立刻向傅采茜問清楚才行。

「假如我和析宇真的……生了小孩……」荏苒說得結結巴巴，很不好意思，還偷瞄了旁邊的張析宇一眼。

「妳剛來到這裡的時候，老是口口聲聲說要生孩子，怎麼現在會害羞了？」張析宇調侃她。

望著滿面嬌羞的荏苒，張析宇心中充滿難以言喻的幸福。

「不要糗我了……之前你們不是都說，沒有人會在這麼年輕的時候想要孩子……」荏苒越說越小聲，根本不敢看張析宇。

「我失去了家庭，如果能和妳共組一個新的家庭，我會非常高興，對我而言也意義重大。」張析宇伸手將荏苒擁入懷裡，「況且如果現在就有小孩，等到小孩上小學時，我們也還不到三十歲，這不是很棒嗎？」

「這樣會不會很像是年輕女生不懂得採行防護措施，才會那麼早懷孕啊？」荏苒羞紅了臉。

「哇，妳現在有這種常識啦？」張析宇親了一下荏苒的額頭。

「你們是不是忘了我也在場？」傅采茜翻了個白眼。

「咳。」張析宇不好意思地鬆開荏苒。

「我有個疑問，如果我能永遠留在西元，那我的孩子呢？」荏苒咬了咬下唇，「我們不可能把孩子送回永平。」

張析宇用力點頭，他和荏苒有同樣的想法。

「不，不需要把孩子送回永平，只要把孩子的DNA送回去即可。」傅采茜輕描淡寫地說。

「但是要由誰送回去？還有要怎麼送回去？」荏苒仍然有些不安。

「關於這一點……當時文姐只要我不用擔心，屆時她另有安排。」傅采茜沒有正面回答，似乎還有所隱瞞。

「把妳知道的都告訴我們吧，當時文姐還跟妳說了些什麼？」張析宇不想讓此刻的幸福存有一絲疑慮，索性把話一次說開。

看著張析宇和荏苒堅定的雙眼，傅采茜沒有猶豫多久，便決定據實以告。

「文姐當時跟我說，為了迎接妳在十年後的到來，我必須盡快累積起一筆供妳不愁吃穿的財富，當上電視主播，並且至少要出一本書。不過，我最重要的任務，是守候妳找到眞正的愛情，在第三顆紅色塑膠球上標記的日期當日告訴妳眞相。」她瞥了一眼荏苒的肚子，「算算時間，妳也差不多該懷上孩子了吧。」

懷上孩子？

荏苒疑惑地睜大眼睛，先是看向自己的肚子，接著抬頭看向張析宇，最後視線落回傅采茜臉上，「妳的意思是……我已經……」

傅采茜揚起眉毛，「欸，妳還不知道嗎？」

「怎麼可能？我們都有用……」荏苒羞赧得沒能把話說完，朝張析宇投去疑惑的目光。

張析宇點點頭，「是啊，而且妳怎麼會知道她懷孕了？」

「我其實也不太確定，我只知道荏苒會和所愛的人生下孩子。」傅采茜沉吟道：

「在她二十歲那年年初的時候，孩子會出生。」

倘若傅采茜所言屬實，算算時間，荏苒確實差不多該懷孕了。

「不太可能吧，我們明明都有……」荏苒的聲音細如蚊蚋。

「文姮爲什麼會知道孩子在荏苒二十歲那年出生？」張析宇皺眉，「不覺得有點奇怪嗎？文姮知道的事太多了，妳們都說妳們來到西元後，便沒再與文姮有過聯繫，但是妳們在西元經歷的一切，她卻好像都瞭若指掌。」

「這……」荏苒不是沒有過類似的懷疑，但她畢竟是永平人，所有的永平人都對文姮深信不疑，甚至認爲對文姮生出一點點懷疑都是種褻瀆。文姮說什麼就是什麼；至於文姮沒說的，那就表示他們不該知道那些。

「文姮說的不會有錯。」傅采茜淡淡說道。

儘管荏苒也和傅采茜有同樣的想法，但其實兩人心中都升起了一絲怪異。

「妳在西元待了十年，中間不曾與文姮聯絡，這樣妳還能全心全意相信她，也是很不容易。」張析宇這句話帶著些許嘲諷，自從得知傅采茜也來自永平後，他漸漸對傅采茜失去了過往的崇敬。

而傅采茜沒有回應，她並沒有爲張析宇的話感到生氣。

忽然，荏苒的房裡傳出物體掉落的巨大聲響。

「什麼聲音？」張析宇立刻橫跨一步，擋在荏苒身前。

「是不是房裡的窗戶沒關，風吹落了什麼東西嗎？」荏苒問。

「不，我出門前檢查過，房裡的窗戶是關上的。」張析宇臉上浮現戒備，而傅采茜也從沙發上站起來。

此時，荏苒的房裡接著又傳出一陣明顯的腳步聲，張析宇戒備地拿起一旁的花瓶，並要傅采茜也站到自己身後。

「你們家裡有其他客人？還是有誰也知道妳們家門鎖的密碼？」傅采茜話聲隱含顫抖。

這還是荏苒第一次見她略微流露出慌張的神情，一直以來，傅采茜都有如大局在握般鎮定從容。

「沒有，除了妳，沒有別人知道密碼。」荏苒小聲否認。

之前為了幫助戴縈走出過去的傷痛，她確實曾經告訴過戴縈家裡的密碼，但後來她做過變更，加上這棟大廈守衛森嚴，不太可能會有小偷……

此時房門緩緩被推開，張析宇高高舉起花瓶，打算一見到人影就猛力砸過去。

首先映入張析宇眼簾的是一雙白色長靴，接著是一頭紅色波浪長髮，原本站在他身後的荏苒驀地掠過他快步走上前，激動大喊：「莉芙——」

第二章　她存在很久很久以前的現在

莉芙肌膚白皙，身材高大，一頭扎眼的紅色波浪長髮，她金黃色的雙眸此刻猶如貓科動物般充滿警戒，外型乍看像是俄羅斯人種。她身上的穿著與當時初來到西元的荏苒相同，白色連身窄裙、白色褲襪，腳上蹬著一雙白色長靴。

莉芙盯著荏苒半晌，漸漸褪去防備的姿態，輕輕扯動嘴角：「荏苒。」

荏苒迸出激動的淚水，驚喜交集地抱住莉芙。莉芙不習慣如此親密的肢體接觸，彆扭地動了動身體，不過她沒有推開荏苒。

「妳怎麼會在這裡？妳也是搭時光機過來的嗎？天啊，永平現在怎麼樣了？妳來到這裡，是不是因爲文妲也給了妳什麼任務？」荏苒臉上忽然閃過一抹驚恐，「還是……永平發生了什麼事？」

「妳先冷靜點，荏苒。」莉芙雙手搭在荏苒的肩上，將她推開，「永平很好，我之所以來到這裡，的確身負任務。」

又是任務。

文妲要莉芙過來做什麼？

傅采茜和荏苒均是全身一僵。

「看樣子妳也不知道這件事。」張析宇注意到傅采茜眼中的震驚。

「對……文姐只跟我說了我的任務，以及荏苒的任務而已。」傅采茜喃喃道。

「然後呢？妳過來這裡的任務是什麼？」於是張析宇直接問莉芙。

「妳是羅貝斯吧？文姐跟我提起過妳。」莉芙像是沒聽到張析宇的問題，瞇起金黃的眼眸盯著傅采茜，語氣不帶任何情感，「她要我轉告妳，恭喜妳完成任務，至於她答應妳的條件，她沒有忘記。」

「她答應妳什麼條件？」張析宇轉而看向傅采茜。

「文姐說，只要我完成任務，她會馬上派人過來接我回永平。」傅采茜沒有看張析宇，目光始終落在莉芙身上。

既然莉芙剛剛抵達西元，而她又是從荏苒的房裡走出來，表示時光機有很大的可能還停留在荏苒的房裡。

「妳要回去了？那妳男朋友怎麼辦？」荏苒驚慌地問傅采茜，而這句話引來莉芙的不解。

「她男朋友在這裡，跟她回去永平有什麼關係？」儘管提出疑問，莉芙問話的語氣卻非常平板，眉毛都沒挑起一根。

張析宇望著這樣的莉芙，總算明白了荏苒所說的「永平人缺乏情感」是什麼意思，形容得誇張一點，莉芙的語氣和表情簡直跟機器人沒兩樣。

「莉芙，如果有了很愛的人，就會想和對方長相廝守。」荏苒解釋。

莉芙聞言一笑，然而說那是笑，還不如說她只是輕扯嘴角，「荏苒，妳還是一樣奇怪呢。」

聽見莉芙這麼說，荏苒內心突然湧上一股強烈的懷念，她好久沒見到莉芙了，她好想念老是對她說出這句話的莉芙。荏苒眼睛一熱，眼淚奪眶而出。

但即便再想念永平的一切，荏苒卻也明白，自己更想繼續留在西元生活。

「哭什麼？」莉芙面對荏苒，難得流露出一絲溫柔，「才幾個小時沒見，妳還是這麼愛哭。」

「幾個小時？」荏苒一愣，「難道妳也是在前往第三大陸的輪船上被文妲叫走？那是什麼時候的事？」

「經過第一大陸後一個小時左右。」對莉芙來說，她和荏苒不過幾個小時沒見，然而對荏苒來說，再次見到莉芙卻已時隔將近一年。

「我們搭上時光機的時間只隔一個小時，來到西元的時間卻差了一年。這是出自文妲的刻意安排嗎？她為什麼可以肯定所有的事都一定能依照她的想法走？」荏苒很疑惑。

莉芙瞥了眼荏苒戴在左手腕上的手環，「妳每天都有把發生的事，鉅細靡遺地記錄在手環裡，對吧？」

「對，我一直都有這麼做，因爲文姐交代……」

「那就對了，妳明白了嗎？」莉芙嘴角帶著淺淺的笑意。

荏苒想起自己過往的猜測，或許文姐每天都能即時聽見手環內的錄音，所以才會知曉一切，但這可能嗎？文姐和自己處於不同的時空，要怎麼能「即時」聽見？

「我知道妳在想什麼，文姐說那些事妳暫時不該知道，不過她確實是透過手環得知某些關鍵事件。」莉芙定定看著荏苒，「我的任務是在妳生下孩子後，把手環和孩子的DNA帶回永平，並確保妳在西元的人身安全。荏苒，文姐要妳相信她，不要多想。」

「這……」

「等一下，如果是這樣，文姐不需要派妳過來啊，我人也在這裡，我可以把荏苒孩子的DNA和手環帶回……」傅采茜插嘴，卻在莉芙清冷的視線下打住話，她隨即明白莉芙和文姐已經知道自己的決定。

「是的，文姐已經知道妳的決定，妳應該也猜得到她是如何得知的。」莉芙輕聲說，「所以她才會派我過來。」

聽完莉芙這番話，荏苒迅速看向傅采茜，卻不對傅采茜的決定感到意外。

「傅采茜，妳決定……留在這邊，是嗎？」荏苒問她。

畢竟傅采茜和她一樣，都在西元有了傾心相愛的對象，會決定留下來是人之常情。

而傅采茜只是輕咬下唇，沉默不答。

來到西元的前幾年，傅采茜始終想著，有一天自己一定會返回永平，但隨著待在西元的時間越來越長，她漸漸對這裡產生了濃厚的依戀，況且她還在不知不覺間愛上了那個男人……

所以傅采茜決定，一定要完成文姮交付的任務，她一定得讓荏苒與眞心相愛的對象生下孩子，這樣她才能更理直氣壯地向文姮表示自己想留在西元。

於是她做出了某些舉動，好讓事情朝她期待的方向發展

例如，讓保險套無法發揮作用。

在張析宇從失去至親的傷痛中站起來後，他和荏苒不時出外踏青、看電影、購物，傅采茜持有他們住處的門鎖密碼，很容易便能偷偷溜進兩人家中，用細針戳破擺放在抽屜裡的保險套。

事實證明，這樣的招數雖爛，卻很有用。

「是的，我選擇繼續留在這裡，我的任務已經結束了，文姐當時答應我，等我完成任務後，無論我選擇回去或留下來，她都會尊重我的決定。」傅采茜終於能鬆一口氣。爲了完成任務，她這十年來活得膽顫心驚，竭力保持低調神祕，始終不肯對外公開自己和男友的關係。

直到完成任務，直到她眞的能永遠留在西元，她才能眞正爲自己而活。所以即便她明知荏苒肚子裡的孩子將無法留在西元，張析宇和荏苒注定將爲此傷心欲絕，她也不會多說一句。

她只在乎自己的任務終於完成了。

「我總算可以好好過自己的人生了。」傅采茜露出如釋重負的笑容，她努力了十多年，眞的累了。

「嗯，接下來就交給我吧。」莉芙語氣平平淡淡，接著從口袋掏出一支注射器，將一枚晶片注入肘間肌膚，該晶片將提供她身處西元該具備的生活知識。「荏苒，別擔心，我會好好照顧妳的。」

莉芙說完，破天荒主動給了荏苒一個擁抱。

雖然荏苒覺得整件事好像還是有哪裡怪怪的，但她一時無暇多想，畢竟這可是莉芙第一次主動擁抱她，所以她也抬手回抱住莉芙。

荏苒很開心，她在永平最好的朋友竟然能來這裡陪她。

「很抱歉打擾妳們的久別重逢，但是我想請問一下，莉芙是要住在這裡嗎？」張析宇舉手發問。

「喔，要麻煩羅貝斯幫我安排住處，我不習慣和別人一起住。」莉芙的目光淡淡掃過張析宇和荏苒，「也不好打擾他們。」

之所以補上後面那句話，是因爲莉芙透過晶片得知，在這種時候，一般西元人通常會使用這種委婉客套的說法。

「叫我傅采茜就好。」傅采茜已經不習慣過去在永平的舊名了，「妳的任務僅僅只是照顧荏苒，然後帶著孩子的DNA和荏苒的手環回去？」

「當然。」莉芙點頭，又轉而叮囑荏苒，「妳要繼續保持每天對著手環口述記錄的習慣，直到孩子出生那天，知道嗎？」

「爲什麼講得我好像眞的已經懷孕了一樣？」荏苒頓覺莫名其妙。

「荏苒，妳經期是不是遲到了？」莉芙問。

「……確實遲了兩天。」荏苒覺得這件事問題不大，畢竟對於西元女性來說，經期不準似乎是很常見的情況。

「荏苒，我們永平人並不存在經期不順這種事，妳忘了嗎？」莉芙瞟了她一眼。

「等一下，妳的意思是……」張析宇腦中一片混亂，所以自己要當爸爸了？也太突然了吧？

「還不能肯定，過幾天我再去買驗孕棒……」荏苒慌張地說。

張析宇沒等她把話說完，便先一步抱緊了她，他什麼話都沒有說，只是緊緊地抱著她，光是這樣，就讓荏苒熱淚盈眶。

「好了，我們先離開吧。」傅采茜拿起包包，向莉芙說：「我會給妳一間套房，以及一筆生活費，但是妳不在我的任務裡，後續我不會再提供妳任何金錢上的援助。」

「當然，這不是應該的嗎？」莉芙覺得傅采茜的強調很多餘。

傅采茜一愣，帶點自嘲地搖搖頭。她待在西元太久了，見識過人類會因爲習慣接受贈予而得寸進尺的貪婪模樣，幾乎忘了永平人從來不會如此。

「我會再來找妳，妳今天先好好休息吧。」莉芙說完，便與傅采茜一同離開。

荏苒和張析宇這幾個月的心情像是洗三溫暖一樣，從黑暗絕望到看見一絲亮光，最後確定兩人能夠長相廝守，而且可能還將有新生命加入。

「好奇怪，我記得我都有採取保護措施啊……」張析宇還是不敢置信，握緊了荏苒的手，「不過既然傅采茜她們這些來自未來的人都這麼說，大概就是眞的有了吧。」

「我也是來自未來的人啊。」荏苒一笑，再次投入他的懷中。

★

隔天，張析宇從藥局買來驗孕棒，當荏苒從廁所走出來，笑盈盈地向他展示驗孕棒上的兩條線時，他才眞的能肯定荏苒的肚子裡確實有了小生命。

傅采茜和莉芙對於這個結果絲毫不意外，張析宇則再三叮囑她們，在荏苒懷孕滿三個月前，不能告訴別人這個消息。

「西元人的迷信。」莉芙嗤之以鼻。

「這不是迷信。懷孕前三個月胎象比較不穩定，如果太早昭告親友，後來卻不幸流產，又得要一一向親友解釋，這對女生來說會是二度傷害，所以才會衍生出這種行事方式。」傅采茜將手輕輕貼在荏苒的肚子上，低喃道：「眞不可思議……就在裡面啊……」

莉芙一直盯著傅采茜的舉動看，注意到張析宇的目光朝她看過來，她横了他一眼，冷冷地說：「西元居然還存在由人類生下人類這麼危險的制度，著實落後。」

「妳……」張析宇想要反駁。

茌苒趕緊打圓場：「好啦好啦，都別吵了，雖然孕期前三個月胎象還不穩定，但也還是能正常生活，妳們兩個不用每天特地跑來這裡看我啦。采茜最近工作量減少了很多，是因爲任務結束了，還是爲了要照顧我？」

「當初我進入新聞媒體業，只是聽從文姮的指示，現在任務結束了，我有其他想做的事，所以會慢慢轉移跑道。」傅采茜乾脆地說，「加上……我也想要有多一點時間陪在妳身邊，這件事對我來說意義重大，我想在妳懷孕期間陪著妳。」

傅采茜這番話讓茌苒心中湧上一陣溫暖，而莉芙臉上卻閃過一抹怪異的神色，隨即又恢復面無表情，只靜靜看著傅采茜蹲在茌苒面前，小心翼翼地撫摸她那尚未有隆起跡象的平坦小腹。

「那妳呢？」茌苒看向莉芙。

「我？」莉芙不明白茌苒的意思。

「妳待在這邊要做些什麼？」

「我不是說了，我要照顧妳啊。」拜知識晶片所賜，莉芙腦中可是備有很多照顧孕婦的知識。

「我自己會照顧自己啦，而且也還有析宇陪我。」荏苒有些不好意思地笑，「我的意思是說，在我生下孩子前，妳在西元有沒有其他想做的事呢？」

莉芙還是不明白，「我就在這裡照顧妳啊，這是我來到西元的任務。」

荏苒和傅采茜對看一眼，傅采茜撇撇嘴道：「不是別人指派給妳的任務，是妳自己想做什麼事，例如畫畫、跳舞、攝影等等。在西元時期，十八歲的女孩應該要上大學，或者進入職場就業。」

「我沒有其他想做的事。」莉芙答得斬釘截鐵，「我唯一要做的就是照顧荏苒和她肚子裡的孩子。」

「來了一個麻煩啊。」張析宇無奈地拍了下額頭，「聽好了，這裡有我在，況且荏苒也能照顧自己，妳要是每天都過來這裡報到，對我們來說反倒是個麻煩。」

「是嗎？那又如何？我以自己的任務爲重。」莉芙聳聳肩。

「道地的永平人。」傅采茜搖頭。

「不，嚴格說起來，西元也有這樣的人，就是白目。」張析宇挑眉，不冷不熱地說：「聽說永平的政府會養人民，人民不需要工作也能有地方住、有東西吃，但是在西元可沒這種好事。」

「我們永平人向來都是靠自己。」莉芙理直氣壯道。

「但妳目前的住處是傅采茜提供的，手機是傅采茜給妳的，我想就連皮夾裡的現金和身上的衣服也都是傅采茜贊助的，對吧？這樣妳還好意思大言不慚地說妳是靠自己？難道永平的靠自己和西元的靠自己，在定義上有那麼大的差別嗎？」張析宇話說得很酸，畢竟他對莉芙沒什麼好印象。

「這……」莉芙被堵得說不出話，她思索片刻改口道：「好，我會先去找工作，但荏苒依然會是我在西元期間首要關注的對象。」

儘管明白莉芙的意思，但張析宇總覺得她這番話聽起來冷冰冰的，好像她關心荏苒只是出於任務，而非她和荏苒是好朋友。然而荏苒和傅采茜似乎都不覺得莉芙的話哪裡有問題，看來這就是永平人一貫的相處方式吧。

這種相處方式讓張析宇不敢恭維，他暗自慶幸自己生在西元。

「可是莉芙沒有身分證，怎麼找工作？」荏苒問。

「放心，我幫她準備好了。」傅采茜從包包拿出一張身分證，上頭有著莉芙的照片，甚至還幫莉芙安了個姓氏，變成「姚莉芙」。

「僞造的？妳怎麼有辦法弄到這個？」張析宇不可置信地接過身分證仔細端詳。這張仿製的身分證製作得維妙維肖，父母姓名、戶籍地址和身分證號碼不用提，甚至連多處防僞機制都仿冒得有模有樣。

「我當初身無分文來到西元，都能成爲現在的傅采茜了，以我如今的社經地位與人脈手腕，弄出幾張僞造的身分證，有什麼難的？」傅采茜露出一抹帶著苦澀的驕傲笑容。

「辛苦妳了。」

荏苒起身走過去摸摸傅采茜的頭，這個舉動讓傅采茜一愣。

「啊，我這樣是不是不太好？」荏苒後知後覺地驚呼了聲，迅速收回手。

永平不像西元存在著所謂的輩份，所以當荏苒看待同樣來自永平的傅采茜時，大多數時候並不會考慮到兩人在西元社會地位上的差異。

但既然她們都決定以後要留在西元生活了，荏苒心想或許不能再用對待永平人的方式與傅采茜相處，而荏苒身爲一個十九歲的大學生，卻去摸傅采茜這樣一個二十九歲成功社會人士的頭，顯然不太合適。

「有什麼不好？」莉芙不理解。

「沒關係，謝謝妳。」傅采茜一笑，眼中似乎閃爍著似有若無的淚光，她從皮夾取出一枚護身符遞給荏苒，「這是我去廟裡求的安產護身符，保佑妳和肚子裡的孩子平安。」

「哈，相信不存在的神靈是弱者的表現。」莉芙不屑地嗤笑一聲，毫不遮掩地表現出她對西元文化的鄙夷。

茬苒接過那枚黃色的護身符，再次感受到西元有別於永平的人情溫暖，傅呆茜變得越來越像個西元人了。

「謝謝妳。」茬苒由衷向她道謝。

★

火紅的頭髮在烈日下顯得張揚耀眼，一雙金黃如琥珀般的眼眸顧盼生姿，莉芙美豔姣好的外貌引來往來人群頻頻注目，但她渾身迸發的生冷氣息，卻讓人不敢輕易靠近。

莉芙吸了吸鼻子，對於西元時期的空氣品質很不能習慣，空氣裡還混雜了許多複雜的氣味，她忍不住打了個在永平從沒打過的噴嚏，覺得這裡糟透了。

她坐在路邊的長椅上，托腮望向一位手上提著大包小包的老奶奶。

老奶奶應該是要準備過馬路，但手上那些提袋太重，所以老奶奶在等紅燈時放下提袋，待號誌轉綠才緩緩彎下佝僂的身軀，用顫抖的雙手提起提袋，然而等她費勁將提袋重新提回手上後，可供她穿越行人穿越道的秒數只剩下十幾秒，以她的腳程，根本不可能來得及過去。

幾次循環過後，老奶奶越來越心焦，而莉芙卻只是旁觀一切，並沒有上前伸出援手的意思。

這還是莉芙第一次如此近距離觀察老年人的行為舉止與生活型態，覺得有些稀奇。畢竟她自小在第二大陸上成長，而永平人一旦年滿十八歲，就要遷往第三大陸定居。當然，第二大陸的學校老師年紀全都超過十八歲，但他們清一色全都是青壯年，連一個老年人都沒有。

關於永平第三大陸上的設置，與第二大陸有異曲同工之妙。第二大陸是依小學、國中、高中三所學校，區分為三大區域，讓學齡相近的孩子生活在同一區域裡。而第三大陸則是以年齡作為劃分，以十歲為一個區段，讓成年居民依三十歲以下、四十歲以下、五十歲以下、六十歲以下、七十歲以下……等年齡線各自分居。

不同年齡層的人在日常生活上的需求各有不同，再加上年輕人往往無法理解年長者在身體機能退化後所導致的不便，如此依年齡層分居，輔以配套措施，讓所有人都能生活得更加自在。

所以當莉芙看見西元街道上的行人遍布各年齡層時，她非常不習慣，一下子怕踩到小孩子的腳，一下子怕撞倒步伐蹣跚的老人家。

西元行人號誌燈在秒數的設置上，完全沒有考慮那些手提重物的老人家，對他們來說，過馬路成了件難上天的挑戰。果然，讓不同年齡層的人類混合居住，是過於原始的作法。

「老奶奶，需要幫忙嗎？」

就在莉芙冷眼旁觀時，一名身材高大的男人走上前去，略微彎下腰，貼在老奶奶的耳邊問她，然後也不等老奶奶回答，男人便一手拿起那些提袋，另一手攙扶著老奶奶的手臂。

「多管閒事……」莉芙低喃，即便她腦中已然具備在西元生活該有的常識，也知道一般西元人在各種情況下可能會做出哪些舉動，但她骨子裡到底還是個正統的永平人。

男人一面扶著老奶奶，一面配合她的步伐前行，眼看距離對面馬路還有三分之一路程，行人號誌燈卻將由綠轉紅，男人不慌不忙舉起那隻提滿提袋的手，示意左右兩邊的汽機車稍等。

雖然有幾位駕駛浮躁地小幅度前進，但大多數駕駛都耐心地停在原地，直到男人扶著老奶奶抵達馬路另一頭，才催動油門。

老奶奶不斷向男人彎腰道謝，男人看似還想護送老奶奶走一段路，但老奶奶接過男人手上的提袋，再次向男人道謝後，逕自往巷子裡走去。

而男人抓了抓頭，走回馬路邊等待。

這讓莉芙有些驚訝，她本來以爲男人是要過馬路，才會順便帶老奶奶過去，沒想到男人卻要返回這頭，那他就是特地送老奶奶過馬路了呀。

「不可思議。」莉芙低喃。

行人號誌燈再次轉綠，男人過了馬路，瞄了眼坐在長椅上的莉芙，才走進一旁的學校大門。

「難道他也是明生大學的學生？」莉芙轉頭盯著男人逐漸遠去的背影猜測，她坐在這裡是爲了等茌苒下課。

明生大學裡的學生進進出出，無一不多看莉芙幾眼，畢竟她外型亮麗，就像是名充滿異國風情的俄羅斯美女。

「莉芙！妳怎麼在這？」茌苒和薛姍姍一同走出校門，第一眼就瞥見莉芙那頭閃耀的紅髮。

「我來接妳啊！畢竟妳肚子……」莉芙跳起來朝茌苒走去。

「對啊！我肚子很餓！我們一起去吃飯吧。」茌苒趕緊搶過話，並用眼神示意莉芙別多言，還有薛姍姍在場。

薛姍姍絲毫沒有留意荏苒有些怪異的反應，只顧著瞪大眼睛上下打量莉芙，心想這女人身材比例堪稱完美，肌膚白皙，五官精緻，明明是外國人，卻說得一口流利的中文。

薛姍姍搖晃了下挽著荏苒的手，「欸，荏苒，這位是誰啊？」

「她是我兒時玩伴，最近剛搬過來臺北。」荏苒對答如流，這是傅采茜給莉芙的背景設定。「我幫妳們介紹一下，姚莉芙。這位是我大學同學，薛姍姍。」

「欸，什麼同學？我是學姊好嗎？」薛姍姍翻了翻白眼。

莉芙的視線落在薛姍姍挽著荏苒的手上，以前在永平的時候，荏苒也會對她做出這種程度的肢體碰觸，但她非常不喜歡，也非常不習慣，後來荏苒感受到她的抗拒，便越來越少做出類似的舉動。

沒想到此刻居然會是別人挽著荏苒的手，這讓莉芙心中生出一股奇怪的感受。

「學姊聽起來比較老，說妳是我同學不是更好嗎？」荏苒眨眨眼睛。

「好啊！現在是說我老嘍？」薛姍姍裝作生氣，伸手捏了捏荏苒的臉頰，荏苒邊笑邊閃躲著跑開。

莉芙立刻嚴厲地大聲喝止：「喂！妳不要追荏苒！」

薛姍姍和荏苒都愣住了，荏苒很快反應過來，便朝莉芙擠眉弄眼，要她別說了。

「幹麼啊？搞得好像我在欺負她一樣。」薛姍姍這下子老大不爽了，首先莉芙竟然長得比她還漂亮，這已經夠讓她對莉芙沒好印象了，然後莉芙講話還這麼沒禮貌！

「妳就是在欺負茬苒，她身體不好，妳不要那麼粗魯。」莉芙用力將茬苒拉到自己身後，不悅地瞪著薛姍姍。

「在我眼裡看來，妳才粗魯。」薛姍姍雙手環胸，下巴抬得高高的。

薛姍姍的反應對莉芙來說是新奇的，她低頭端詳薛姍姍豐富的臉部表情，薛姍姍眉頭緊皺，嘴唇抿得緊緊的，這種反應應該是「生氣」吧？她爲什麼要生氣？自己做了什麼讓她生氣的事嗎？

還有她說話的語氣也怪怪的，也不能說懷有惡意，但怎麼好像有點酸溜溜的？

莉芙想不明白，一時愣住了。

見莉芙一副出神的模樣，換薛姍姍感到疑惑了，她鬆開環在胸前的手，看向茬苒，用嘴型問：「現在是怎樣？」

「妳在生氣？」莉芙冷不防開口。

「蛤？」

「妳是在生氣嗎？我做了什麼會讓妳生氣的事嗎？」莉芙雙眼流露出單純的疑惑。

有沒有聽錯啊？要是這些對話出現在通訊軟體的聊天視窗，薛姍姍一定會認爲對方在找碴，但是莉芙人就站在她面前，她能聽見莉芙的語氣充滿誠懇，也能看見她的眼神毫無心機。

這讓薛姍姍想起許久以前，她也曾碰過這樣的白目，只是青出於藍、更勝於藍……

「荏苒，看來妳朋友比妳還要白目喔。」薛姍姍決定不跟莉芙一般見識，「所以我們等等吃飯改四個人嗎？」

「莉芙，妳要跟我們去吃韓國烤肉嗎？」荏苒問。

「韓國烤肉？」

這名詞對莉芙而言是陌生的，但透過知識晶片，她知道那是指用火烤熟的肉。莉芙其實不想和其他人接觸，只想一個人待在家裡，但是她必須保護懷孕的荏苒，再加上前三個月胎象還不穩……

「嗯，好吧。」爲了妥善完成任務，莉芙違背自己的意願，答應了共進晚餐的邀約。

荏苒臉上綻開大大的笑容，她從來沒想過有一天能和莉芙一起在西元吃永平沒有的食物，這對她來說意義重大。

於是三個女生搭上捷運，薛姍姍去電通知店家臨時多一人，只是後來張析宇又打了通電話給荏苒，說他不想打擾女生聚會，就不過來用餐了。

★

莉芙簡直不敢相信自己的眼睛，這是什麼食物啊？

還有空氣裡飄散著的那股肉香是怎麼回事？她能感覺到口腔正不斷分泌出唾液，肚子也餓了起來。

「這家眞的超好吃，上次和李聿融來過後，我就一直念念不忘！」薛姍姍說話時，眼睛始終盯著服務生的手，看服務生熟練地將烤得噴香的豬五花肉用剪刀剪成一口大小，而荏苒更已經用生菜包好泡菜等在一旁了。

「妳念念不忘的是李聿融，還是韓國烤肉呀？」荏苒調侃薛姍姍。

「別鬧了，當然是韓國烤肉。」薛姍姍撇撇嘴。她喜歡自己現在和李聿融的相處方式，兩人可以隨心所欲地聊天鬥嘴，就算李聿融拿話嫌棄她，她也不會放在心上，更不會像從前那樣暗自傷神。

她明明還是對李聿融抱有一定程度的好感，但爲什麼她的心態會有如斯轉變？

茌苒也看出薛姍姍的轉變，忍不住問她原因。

「大概是因爲當時在遊樂園看到他向妳告白被拒，他表現得很傷心吧。」薛姍姍聳聳肩。那天她把李聿融的傷心落寞看在眼中，讓她意識到李聿融並不是那麼遙遠的存在，他就是個普通人，也會因爲告白被拒而難過。

大概也因爲如此，雖然李聿融對她還是保持著一小段距離，偶爾也還是會明言嫌棄她膚淺，但對待她的態度已不像以前那樣惡劣，畢竟他也懂得暗戀一個人的辛苦了。

「嗯，自那天後，我和他還沒好好說過話……」茌苒囁嚅道。李聿融向茌苒告白當天晚上，張析宇家中就遭逢變故，兩人都沒心思去處理後續。

或許，現在這個時間正好，她得找個機會跟李聿融說清楚，並且向他道謝，以及道歉。

「哎呀，妳就別在意了。」看出茌苒的遲疑與愧疚，薛姍姍夾了塊五花肉放在茌苒手中的生菜上，「吃飽一點才重要。」

「謝謝妳。」這些日子以來，刀子口豆腐心的薛姍姍成了茌苒最要好的朋友，茌苒希望莉芙也能與薛姍姍和平共處，於是她將五花肉用生菜包好，對著一旁的莉芙說：「啊。」

「什麼？」莉芙不明白荏苒的意思。她剛剛一直在研究自己面前那杯不斷冒泡的黑色飲料，也多次瞄向荏苒的黃色飲料和薛姍姍的白色飲料，這些顏色各異的液體到底是什麼？真的能喝嗎？

「啊呀。」荏苒示意莉芙張開嘴巴。

「我自己可以……」話還沒說完，泡菜的汁液已順著荏苒的手指流下，荏苒連忙要莉芙快點張嘴，莉芙無奈之餘只能張口吃下。

「我把肉夾給妳，妳居然拿去餵她，以後再也不給妳了。」薛姍姍不高興了。

「她沒有吃過這麼好吃的東西，妳瞧。」荏苒興奮地等待莉芙的反應。

只見莉芙張大眼睛，臉上流露出不可思議的神情。她一手擋在嘴前，咀嚼了幾下，這是什麼神奇的口感？原來食物有這麼多味道嗎？爽脆的生菜、帶點辣味的泡菜和焦香的豬肉強烈衝擊了她的味覺。

「還有可樂，快喝一口可樂！」荏苒將那杯黑色飲料推到莉芙手邊。

莉芙喝了一口，差點嗆到，完全出乎意料的味道，碳酸飲料的彈跳口感讓她大吃一驚，忍不住又喝了好幾口。

「這也太好吃了吧！」最後莉芙只說得出這句話。

過去在永平時，莉芙從來不覺得有哪種食物特別美味，她也不以為意，反正吃東西不就是爲了塡飽肚子罷了，好不好吃根本不重要。

然而這樣的想法，卻在這一刻面臨嚴峻的挑戰。

「莉芙，很好吃對吧？妳看看菜單，有沒有什麼想吃的？都可以點來吃吃看。」茌苒興致勃勃地將菜單塞給莉芙。

莉芙看著菜單上琳琅滿目的品項，光是豬肉就有這麼多部位可選，還有不同的料理方式，可是……

「這樣吃不健康。」

「好吃的東西大多不健康。」薛姍姍笑嘻嘻地插話，「但是好吃比較重要吧？人生不就是要盡情享受美好的事物？美食也是美好事物中的一種啊！」

「對呀，莉芙，不要想太多。況且比這還好吃的東西，在西元多得是喔。」茌苒眼中迸射出興奮的光彩。

在茌苒的慫恿下，莉芙又多點了好幾道菜，吃到最後，莉芙已完全將什麼「健康」、「每日所需基本熱量」等顧忌抛諸腦後了。

暴食會成爲人類的七原罪之一，不是沒有原因的。

「下次我們再去吃這家蛋糕店，我有優惠券！」

享用完美味的韓國烤肉後，三個人撫著吃撐的肚皮，走在回家的夜路上，也許是美食的關係，三人的情緒都特別高昂。

薛姍姍一邊找出存在手機裡的口袋名單，一面發起新一輪聚會邀約，但荏苒卻婉拒了，她說自己不愛吃太甜的東西。

「不愛吃？」莉芙爲荏苒的回話感到很新鮮，以前荏苒從來沒說過這樣的話。她受到西元人的影響了嗎？對於食物竟開始有了「愛吃」與「不愛吃」之分。

「怎樣，妳沒有不愛吃的東西嗎？」薛姍姍不客氣地上下打量莉芙，「我看妳今天晚上吃得挺多的，妳該不會食量一直都這麼大吧？那妳是怎麼保持身材的？運動？催吐？」

「這是我第一次吃韓國烤肉，也是我第一次吃到泡菜和喝到可樂。」莉芙據實以告，「今天吃的東西都很好吃，我也不知道有什麼是我不愛吃的。」

薛姍姍眼睛一亮，「我喜歡和不挑食的人吃東西，更喜歡看著瘦子吃成胖子，既然荏苒不喜歡甜食，不然妳跟我一起去這家蛋糕店吧？」

雖然出發點很奇怪，但薛姍姍總歸釋放出了善意，而莉芙也被照片裡各種外型精巧美麗的蛋糕勾起了好奇心。

「我居然會有『好奇』的心情……」她低喃。

「好奇心誰都會有吧，哺乳類大概是世上最具有好奇心的生物吧。」薛姍姍笑出聲。

只有荏苒知道，對食物出現好奇心，這對永平人來說，有多麼不尋常。

★

很快就到了薛姍姍和莉芙約好一起去吃蛋糕那天，薛姍姍在學校中庭與荏苒告別，急匆匆要趕去校門口和莉芙會合，荏苒被她興奮急躁的模樣逗笑了，笑盈盈地轉過頭，無預警地與站在不遠處的李聿融四目相交。

「啊……」由於太過突然，荏苒的笑容僵在嘴角。

李聿融卻大方地走上前：「妳在等析宇嗎？」

「不，我等一下還有課。」荏苒說。

「是喔，難怪我剛才看他自己去騎車，想說他怎麼把妳丟在這裡。」李聿融發出爽朗的笑聲，讓荏苒放鬆不少。

自李聿融向她告白後，這還是兩人首次單獨交談。

「謝謝妳這些日子對析宇的幫助。」李聿融忽然向她道謝。

「不要這麼說，你和姍姍也一直……」

「不，我是說眞的。要是沒有妳，我們也不知道該怎麼拉他一把，一想到這，就覺得你們能互相喜歡眞是太好了。」李聿融表情眞誠，先前告白未果所受到的傷害與難堪，彷彿都已不復存在。

望著如此清風明月的李聿融，荏苒不由得有些慚愧自己小看了李聿融，原來他早就已經放下，反倒是她還在糾結。

「李聿融，謝謝你。」千言萬語只能化爲這三個字，荏苒露出眞誠的笑容，「眞的謝謝你。」

「我也想這麼對妳說呢。」李聿融抓了抓後腦勺，也跟著笑了起來。

是荏苒讓他不再僞裝自己，不論如何，他始終爲此感謝荏苒。

也許他暫時還是沒有辦法讓其他人知曉他眞正的喜好，但至少他已然明白，世界上還是有女孩子能夠接受眞正的他，所以能喜歡上荏苒，眞是太好了。

儘管他喜歡的女孩不喜歡他，但女孩和他最好的朋友互相喜歡，而他很願意爲他們獻上祝福。他不是聖人，他當然也會傷心難過，但這些沒必要讓女孩知道，他明白終有一日時間會治癒自己的。

「那我先去上課了。」荏苒輕輕頷首，轉身往樓梯走去。

直至荏苒的身影完全消失在樓梯間，李聿融才長長地呼出一口氣，背過身去，迎向走廊外燦爛的暖陽。

好了，打起精神吧！李聿融輕扯嘴角笑了下，暗自鼓勵自己。

「哇，你看那裡。」

「天啊，那女生好正喔！」

附近一群男學生起了一陣不大不小的騷動，李聿融隨著他們的目光看去，只見一個容貌美豔、肌膚白皙的女孩站在前方，一頭紅髮整齊地束成馬尾，她正東張西望，像是在找人。

李聿融莫名覺得對方有幾分眼熟，卻又想不起自己是在何時見過那個女孩。

「是外國人耶，她是我們學校的學生嗎？哪個科系啊？」

「天曉得，還不快點上校板打聽！」

那群學生還在議論紛紛，兩個膽子比較大的舉步朝女孩走去。

這時，李聿融猛地想起自己是在什麼時候見過她了。

事情發生在上個星期，他在學校門口帶一位老奶奶過馬路，而那個女孩當時就坐在附近的長椅上冷眼旁觀，一點都沒有要幫忙的意思。

「長得漂亮有什麼用，要是沒有一顆善良的心，也是枉然。」李聿融低聲評價過女孩後，頭也不回地往停車場走去。

莉芙茫然環顧四周，沒找到她要找的人，卻見兩個男生直直地向她走來。

「Hello，妳會說中文嗎？」其中一個頭髮抹滿髮膠的男生開口。剛才遠看他就覺得這女生很漂亮，沒想到近看更不得了，不過她的身高少說也有一七八，要是穿上高跟鞋的話，就比大多數男生還要高了。

莉芙皺眉，來到西元後，老是有些不認識的人主動跟她搭訕，讓她不堪其擾。她聳聳肩，不想搭理，逕自拿出手機打電話給薛姍姍，對方很快接起。

莉芙先發制人：「妳跑哪去了？怎麼都沒看到妳？」

頭髮抹滿髮膠的男生眼睛一亮，想著既然莉芙會說中文，那就好辦了。

「我才要問妳去哪了，不是說好在校門口等嗎？」薛姍姍也沒好氣。

「我等了好久都沒看到妳，想說妳是不是找不到校門，乾脆走進來找妳啊。」莉芙說得理直氣壯，也不想想薛姍姍是這所大學的學生，怎麼可能找不到校門。

「妳！妳現在給我過來校門口！別浪費時間！」薛姍姍氣得掛斷電話。

莉芙這下頭大了，她進來以後轉了老半天，早就失去方向感。

「欸，校門口在哪？」於是她直接問離她只有幾步遠的兩個男生。

「告訴我妳的LINE，我就告訴妳校門口在哪。」兩個小痞子立刻抓準機會索要莉芙的聯絡方式。

莉芙露出困擾的表情，「西元的男人好噁心，怎麼這麼纏人。」

女生說不要，就是眞的不要；說不想搭理你，就是眞的不想理你。

這是所有永平人都懂的道理，但是西元的男人不知道是白目還是笨，老是愛追著她死纏爛打。

「妳說什麼？」莉芙說的話讓兩個男生極度不悅。

莉芙還想回應，卻忽然有一隻手橫在她面前，指向她的左邊，跟著一個低沉悅耳的男聲響起：「校門口在那邊。」

還沒走到停車場，李聿融就想起自己忘了東西，只得折返回來。注意到那兩個男生仍纏著那名外國女生不放，他出於好心主動上前替她解圍。

「哼。」莉芙卻只哼了一聲，連句謝謝也不說，逕自轉身朝李聿融指的方向快步走去。

「態度還眞差。」李聿融不禁失笑。

「正妹都這樣。」那兩個男生一開始還對李聿融懷有同病相憐的心理，憐憫地拍拍他的肩膀，在看清李聿融出眾的相貌後，才驚覺對方根本不需要他們的安慰，便自討沒趣地離開。

走對方向的莉芙，總算看見校門，也看見薛姍姍正氣急敗壞地站在校門口對她招手。

「妳眞的很誇張，約好在哪裡碰面就待在那裡可以嗎？」薛姍姍忿忿地說完，順手挽著莉芙的手臂。

「妳做什麼？」莉芙詫異，往後縮了一下。

「妳不習慣肢體接觸？」薛姍姍立刻鬆開手。

「感覺很奇怪。」莉芙摸著方才被薛姍姍碰觸過的地方。

「隨便啦，既然妳不喜歡，我就不挽著妳了。趕快走吧，肚子餓死了。」薛姍姍也不在意，率先往前走。

望著薛姍姍的背影，莉芙想起去吃韓國烤燒肉那天，薛姍姍和荏苒也是挽著手走路。

「欸，爲什麼會想要挽著別人的手？」莉芙走到薛姍姍身側。

「沒有爲什麼，就習慣啊。」薛姍姍隨口答。

「肢體接觸不是很奇怪嗎？」莉芙又問。

「會嗎？」薛姍姍示意莉芙看向四周，路上情侶、同性友人挽手同行者比比皆是。「明明就很常見，只是妳不習慣罷了。」

「我這樣不好嗎？」

「沒有不好啊，人有選擇的自由。」薛姍姍聳肩，「不要再糾結這種小事了啦，快點去吃……」薛姍姍話還沒說完，莉芙的手已經主動勾了上來，薛姍姍瞪大眼睛，「妳這是在幹麼？」

「試試看罷了。」莉芙有些彆扭，這種和朋友手勾著手的感覺還眞奇怪，但是……她並不討厭。

「拜託，妳這麼高，妳挽著我不舒服。」薛姍姍用力抽回手，莉芙臉上露出一抹失落，薛姍姍隨即挽著她的手，「應該是我挽著妳才對。」

「嘿嘿。」不知道爲什麼，莉芙笑了起來。

過去在永平的時候，每一次荏苒挽著她的手，她都覺得頗爲抗拒。

可是來到西元不過一個月，她卻主動挽著別人的手，甚至對方還不是她最好的朋友荏苒。爲什麼她會有這樣的改變？

莉芙推測，大概是西元的氛圍使然吧。

這究竟是不是一種入境隨俗的模仿心態呢？莉芙想不明白，只隱隱約約感受到心口湧上一股細微的暖意。

不過，莉芙認爲自己會這麼做，並不是爲了那微不足道的暖意，而是出於「既然旁人都這麼做，那我也照做吧」的想法。

跟著大多數人行動，總是不會錯的。

第三章　那一些無條件可信任的對象

「你覺得我看起來有肚子嗎？」荏苒將衣服從腰際往後拉，顯露出腹部的形狀。

「沒有啊，看起來還很平，妳肚子裡面眞的有小孩了嗎？」張析宇脫掉襯衫，伸手摸向荏苒的肚皮。

「你懷疑喔。」荏苒指著放在桌上的媽媽手冊，證明自己確實懷孕了。

「只是覺得很神奇罷了。」張析宇蹲下身，將耳朵緊貼荏苒的腹部，沒能聽見寶寶的心跳，只聽見荏苒的肚子在咕嚕咕嚕叫，「哈哈，妳又餓啦？」

「我才剛吃過，怎麼會這樣。」荏苒無奈地呶呶嘴。

就讀大四的張析宇，學分已經修得差不多了，目前在一間貿易公司實習，雖然薪水不高，但總歸是有點收入了。荏苒的孕期邁入兩個多月，身型依舊苗條纖細，使得身旁友人無人察覺她有孕在身。

自從上次和薛姍姍造訪過蛋糕店後，莉芙對西元的各式美食更加傾倒，每天樂此不疲地四處吃東西，還迷上了經營社群網站，每天上傳照片，而她美豔的容貌和怎麼吃都吃不胖的窈窕身材，很快在網路上引起一陣小小的旋風。

「她這麼高調好嗎？不是很快就要回去未來了？」儘管張析宇曾經不解地問道，但是莉芙能有自己的生活，對他來說也是好事，否則莉芙三天兩頭就往他和荏苒這邊跑，讓他們都快沒時間獨處了。

「與西元相較之下，在永平的生活真的很無聊，莉芙現在像是被放出籠的鳥兒，突然發現天空底下有許多她以前不知道的新鮮事。」荏苒聳肩，「她只是變得比較會享受生活，那也沒什麼。我只擔心等她回去永平之後，可能會無法適應。」

說人人到，門鈴響起。

張析宇走到對講機前，只見莉芙的臉出現在對講機螢幕上，她催促道：「快點開門，我買了鮭魚和牛肉過來。」

「她還眞是有心。」張析宇翻了翻白眼，打開樓下的門。

不一會兒，莉芙提著兩大袋新鮮食材與補品出現，熟門熟路地將食材放入冰箱，將補品收進櫥櫃。

「怎麼我上次帶來的食物還剩這麼多？張析宇，你有煮給荏苒吃嗎？」

面對莉芙的質問，張析宇寃枉得要命：「妳買太多了，就算她一天吃五餐也吃不完好嗎？」

「孕婦就是要補充營養啊！」雖然永平沒有孕婦，但是莉芙腦中早已齊備一套照顧孕婦的知識，「荏苒，明天是週末，姍姍又發現一間好吃的店，要不要一起去？」

「妳跟薛姍姍什麼時候變得這麼要好啦？」荏苒笑嘻嘻地打趣，對此十分樂見其成。

「只是吃東西的夥伴。」莉芙輕描淡寫答道。

但荏苒明白，不管莉芙承不承認，薛姍姍在她心中確實已經有了一些分量。

「不過妳對待網友的態度似乎很差耶，注意一下比較好吧？」張析宇點開社群網頁，不少標記莉芙的貼文都寫得不是很好聽。

像是「本人踐得很」、「問能不能拍照卻無視我們」、「即便跟她說很喜歡她，她也面無表情，甚至覺得我們很煩」。

也有人幫忙緩頰，說或許莉芙不想私生活被打擾。

可也有另一派聲音指出，如果不想被打擾，那當初幹麼發文？

「我為什麼要討好其他人？」莉芙不覺得自己有錯。

「但妳現在的追蹤人數有五萬多，多少注意一下言行舉止吧。」張析宇耳提面命。

「不過是幫我按個讚，就要我對他們和顏悅色喔？我又沒有要他們看我上傳的照片。」莉芙不以為然，索性打開手機，二話不說便把粉絲團關了。「這樣他們就沒話說了吧！」

「妳做事情也太極端了吧！」張析宇無奈扶額，「妳不是有接到一些業配？這也歸功於妳的粉絲啊。」

「那是憑我自己得來的，他們少來邀功。」

「好啦，別爭了。」茌苒再次出來打圓場。

茌苒觀察到，莉芙來到西元這些日子以來，或多或少也被西元人同化了。看來就算永平人生性情感淡薄，但只要置身於另一個環境，還是有機會漸漸感受到各種身為人類該有的情緒。

想到這裡，茌苒便對永平人的未來充滿了希望，她相信透過她孩子的DNA，必然能讓下一代永平人得到改變，這樣一來，即便她選擇留在西元，也能無愧於當初文姐交予她的任務，也就是讓永平人得以擁有豐沛的情感。

這讓茌苒終於能安下心來。

「明天我要帶茌苒出去逛逛，妳和姍姍去吃就好。」難得的休假，張析宇當然要和茌苒來場約會，畢竟等孩子出生後，兩人就很難再有獨處的時光了。

「好吧。」莉芙無可無不可地說。

離開前，莉芙還幫茌苒煮了一鍋香氣撲鼻的牛肉湯，要茌苒一定要吃完。

茌苒拍下牛肉湯的照片傳給傅采茜，想讓傅采茜知道莉芙有多麼照顧自己。

「她只是在完成任務。」傅采茜的回應卻有些犀利。

「莉芙有點變了，我是說真的，她還會跟析宇鬥嘴，臉部表情也變多了。」

「受到西元文化的薰陶，她多多少少難免會有些改變，但她本質上還是改良過基因的新人類。」

「新人類？妳怎麼會這樣形容她？」茌苒迷茫地看著傅采茜傳來的訊息。莉芙和她年紀相仿，如果說莉芙是新人類，那她不也是嗎？

傅采茜明明已讀，卻久久不回。

茌苒又接著傳訊過去：「就如同妳也是在到了西元之後，才變得比較……用西元的話來說，就是具有人情味。」

「我在永平時就跟妳一樣，和他們不一樣。」這次傅采茜很快回了一段話過來，但是又馬上收回了訊息，可茌苒已經看見了。

「剛剛妳說的是什麼意思？」

「我要睡了，晚安。」

傅采茜逕自結束話題，現在也才晚上八點多，怎麼可能在這個時間點去睡覺？她明顯就是不想再討論這個話題。

莊苒將這段對話轉述給張析宇聽，但他似乎沒覺得哪裡有問題。

「大概是傅釆茜最近淡出螢光幕，工作量減少了很多，人一閒下來就容易胡思亂想吧。」

「應該不是那樣，她淡出螢光幕是她的選擇，這跟她用那樣奇怪的字眼來形容莉芙是兩件事吧。」莊苒皺眉。

「唉唷，看樣子胡思亂想的其實是孕婦。」張析宇笑著用拇指揉開莊苒緊皺的眉頭，將她抱在懷中，「不過之前聽妳說永平人情感淡薄，莉芙剛來的時候確實是這樣沒錯，但和她相處一陣，我倒覺得好像也還好嘛，她頂多就是那種只會自掃門前雪的類型罷了。」

「大概是因為你見到的只有莉芙一個人，你試著想想看，要是你身在永平，身邊所有人卻都像莉芙一樣，那有多冷漠呀。」

張析宇依言試著想像了一下，那樣的景況還真令人有些不寒而慄。

「我相信莉芙只要在這裡待久了，她的性格一定會變得溫暖許多。」莊苒如此堅信。

可是，當莉芙回到永平後，也會再次受到環境影響而變回原樣吧。儘管張析宇內心這麼想，卻不打算告訴莊苒這個殘酷的事實。

★

莉芙獨自走在夜晚的街道上，強勁的夜風吹動她的紅色長髮，她拉高衣領，遮住口鼻，瞇著眼睛在強風裡快步前行。

「這裡眞是冷死了。」莉芙忍不住抱怨。

她站在路口左右張望有無來車，來到西元後，她很不習慣這裡的駕駛人完全沒有「禮讓行人」的觀念，更甚至還會出現搶黃燈、長按喇叭等野蠻行爲。

「難怪西元人能活到八十歲都算長壽了。」莉芙嘀咕。

就在此時，她注意到有隻母貓帶著一隻小貓從一旁跳出來，快速衝向馬路，說時遲那時快，一輛車子也從暗巷衝出，眼看就要撞上小貓，母貓立刻跳回小貓身邊，叼起牠想要逃離，奈何車速過急，兩隻貓咪仍舊難逃被車輪狠狠輾過的命運。

駕駛不知道是沒注意到，抑或是覺得撞上一兩隻流浪貓無所謂，不僅並未停車查看，甚至連減慢速度也沒有，逕自揚長離去。

綠燈號誌亮起，莉芙邁開腳步，在經過兩隻貓時停下步伐，由上往下看去，母貓全身染滿鮮血，口中低低發出淒慘的嗚叫，同樣全身是血的小貓卻連叫聲都發不出來，只微微抽動身軀。

莉芙收回視線，朝前方走去，她把雙手插進口袋，想著這樣的夜眞冷呀。

「天啊！有貓被撞了！」

「快把牠們送去醫院！」

一對騎機車的情侶剎車停在路邊，女孩毫不猶豫地脫下外套，小心翼翼地將兩隻奄奄一息的貓用外套裹起抱在懷中，男孩則拿出手機找尋最近的動物醫院。

莉芙移開目光，喃喃道：「那兩隻貓必死無疑啊……何必浪費時間呢？」

那雙琥珀色的眼瞳中，沒有憐憫，也沒有同情，只有單純的不解。

爲什麼那對情侶要做那種徒勞無功的事？

★

張析宇牽著荏苒的手，走在臺北市立動物園裡。

先前他聽荏苒提過，雖然部分動物在永平尚未絕種，但永平並沒有像動物園那樣的設施，人類很少有機會親眼見到動物。

於是他決定帶荏苒過來動物園一趟。

原本張析宇想帶荏苒去花東賞鯨，又擔心懷孕的荏苒經不起海上風浪，便打消了念頭，反正往後還有機會，不必急於一時。

「牠是眞的嗎？」隔著玻璃，荏苒好奇看著趴在樹枝上的無尾熊，好歹她也站在這裡十分鐘了，但無尾熊卻始終雙眼緊閉，一動也不動，像是娃娃一樣。

「無尾熊每天需要的睡眠時間爲十七到二十小時，所以才會覺得好像每次看到牠都在睡覺。不過我在網路上見過無尾熊追車子的影片，牠跑得超快喔。」張析宇笑嘻嘻地說明。

此時無尾熊的耳朵忽然動了兩下。

「牠聽到你在說牠了。」荏苒被逗笑了。像無尾熊這樣嬌貴的動物，在西元毀滅前就絕種了，她過去只在歷史資料上看過無尾熊的圖片。

「接下來要看的是貓熊，牠這可是動物園目前最受歡迎的明星動物。」離開無尾熊館後，張析宇拉著荏苒往大貓熊館去，兩人排在長長的人龍隊伍末端。

「這麼多人排隊啊？貓熊長得很可愛嗎？」

「跟最開始相比，現在人潮已經算比較少了。大家之所以搶著看貓熊，倒不是牠長得多可愛，是因爲新鮮吧。」張析宇向荏苒解釋貓熊是中國特有物種，主要棲息地爲四川盆地周邊山區和陝西南部秦嶺地區。

排隊期間，張析宇貼心地幫荏苒倒水與揉捏肩膀，三不五時問她要不要去上廁所，讓荏苒覺得怪不好意思的。

「我還不會腰痠或頻尿啦。」

「小心一點總是好。」張析宇憨笑。

爲了快速消化參觀人潮，來到貓熊展間後，遊客並無法駐足觀賞，必須得一面緩步向前，一面扭頭看向玻璃另一邊的貓熊。

透過底下的導覽板得知，展間裡的兩隻公貓熊是父子關係。

「完全看不出來誰是爸爸、誰是兒子。」荏苒驚奇地看著那兩團黑白色相間的毛茸茸生物。

「看得出來呀，左邊是爸爸，右邊是兒子。」張析宇卻說。

「你又知道了？」

「妳看，左邊那隻拿起食物時，會丟給右邊那隻。」他抬起下巴，篤定地說：「父母都會爲孩子著想，怕孩子餓著，所以左邊那隻一定是爸爸。」

儘管荏苒心中仍抱持懷疑，但看著張析宇那副得意洋洋的模樣，便不忍潑他冷水。怎麼孩子還沒生出來，張析宇就已經像個傻瓜爸爸一樣了呢？

「你有想過，如果我肚子裡的孩子是女生，你會怎麼做？」兩人手牽手走出大貓熊館時，荏苒歪著腦袋問張析宇。

「女兒一定要好好保護，我會把她關在家裡，不准她出去，免得外面的壞人傷害她。」張析宇語氣認眞無比。

「唉唷，好可怕喔。」荏苒先是一陣大笑，隨後若有所思地看向遠處。

張析宇敏銳地察覺她情緒有異，輕捏了下她的手心，問她怎麼了。

荏苒搖搖頭，「我沒當過媽媽，不知道自己能不能當個好媽媽。」

「怎麼這麼說？我也是第一次當爸爸啊。」

「我沒有媽媽，不知道媽媽該是什麼樣子；我也沒有家庭，不知道該怎麼去經營一個家庭。這樣的我，能照顧好孩子嗎？能滿足他對於媽媽、對於家庭的需求嗎？」荏苒愁眉不展。

張析宇聞言輕輕一笑。

荏苒不高興了：「我是很認眞在煩惱，你爲什麼要笑？」

「當妳會這樣煩惱的時候，表示妳已經是個媽媽了。」他的大手扶上荏苒的肩膀，「即便從小在我爸無微不至的照顧下長大，我很清楚一個好爸爸該是什麼模樣，我也沒辦法成爲和他一模一樣的父親。我們做自己就好，一起摸索如何成爲父母，一起摸索如何成爲夫妻，只要我們一起努力，一定沒問題的。」

荏苒迎向張析宇誠摯的目光，覺得有些想哭，「有一天我們家也能像你家那樣溫暖嗎？」

「一定可以的。」張析宇的聲音帶著哽咽，可惜家人沒有機會見到他的孩子出生。

他很想找出謀害他家人的凶手，這究竟是一起單純的惡作劇？還是蓄意謀殺？然而查了半天，警方一點線索也沒有，監視器畫面也一無所獲，最終只能不了了之。

在他陷入自怨自艾的那段期間，荏苒溫柔地接納了他，而現在她的肚子裡還孕育了新生命，讓張析宇能暫時放下那些椎心刺骨的怨恨與傷痛，重新感受到溫情與愛意。

他由衷感謝命運的安排，讓荏苒從那麼遙遠以後的未來，來到這裡與他相遇。

「下次來就會是三個人了。」他舉起拉著荏苒的手，在她的手背上落下一個吻。

「嗯！」荏苒回以一個大大的笑容。

倘若所謂的幸福能夠具體化爲粉紅色的泡泡，那麼現在整座動物園大概都被荏苒的幸福給淹沒了，成了一片粉紅色的泡泡海洋。

逛完熱帶雨林室內館區後，荏苒和張析宇坐在路邊的長椅上，吃著兩人一起準備的豐盛便當，吃到一半，荏苒突然感覺有些想吐，但還是胃口很好地吃光了一整個便當。

「我最喜歡孟加拉虎和花豹身上的斑紋，之前在歷史課上看過圖片，牠們在西元滅亡前就絕種了。」荏苒語帶惆悵。

「是不是在第三次世界大戰後，地球上的動植物就滅絕了一大半，所以即便永平科技發達，也無法再次培育出那些物種？」

「也不是這麼說。生命機構握有某些滅絕動物的基因，但是中央政府曾說過，人類不是上帝，不能妄想將已經滅絕的生物重新製造出來。」荏苒解釋。

永平始終有一派學者對此持反對看法，然而經過時間變遷，永平也有了西元沒有的新物種出現，永平政府堅持人類不能夠莽撞地製造出舊時代的生物，否則要是引發自然生態失衡怎麼辦？

「畢竟人類曾經瀕臨滅絕一次，這次我們終於懂得記取教訓了。」荏苒輕扯嘴角，苦澀的笑容裡有慶幸，也有嘲諷，此時她聽見不遠處傳來鳥叫聲，「在永平也還見得到一些鳥類。」

「我們去看看吧。」張析宇握住她的手，領著她走進鳥園。

看了一陣，荏苒發現西元時期的鳥禽物種與永平大不相同，鳥園裡的鳥她沒認識幾隻，但她很喜歡羽毛鮮豔的鸚鵡，還幸運地目睹孔雀開屏。

只是當近距離目睹各式動物的興奮逐漸退去，荏苒忽然頗爲感慨，這些動物本該自由生長在山林裡，卻被人類囚禁於此，終日只能在小範圍裡活動。

「這裡的動物大多都是出生在動物園，牠們習慣人類的豢養，失去了野性與求生本能，出去反而危險。」張析宇輕拍荏苒的肩膀，「而且既然牠們從未享受過自由的滋味，就永遠不會去羨慕那份自由。」

「這句話殘忍又現實。」荏苒摸摸自己平坦的小腹。

「是呀。」張析宇與她一同看著那些在籠中飛也飛不高的鳥，「很多時候，事實就是這麼殘忍。」

「總覺得……永平人就像這些鳥一樣。」荏苒沉吟道。

「應該差很多吧。」張析宇失笑，「妳怎麼會這麼想？」

「我也不知道，就是突然覺得活在被麻旦家族保護下的永平人，同樣也喪失了某部分東西，以換取穩定安逸的生活。」

麻旦家族設下的巨大保護罩，既保護著永平人，也囚禁著永平人。

「妳是不是累了，所以才開始胡思亂想？」張析宇有點擔心，畢竟一直以來，荏苒總是口口聲聲說文姮有多好、麻旦家族有多崇高偉大，而荏苒方才那番話顯然背道而馳。

人家都說孕婦受到體內分泌的荷爾蒙影響，變得比平時更容易多愁善感，或許荏苒也是如此。

張析宇認爲自己這時該做的，就是安撫荏苒的情緒。

「大概是吧。」荏苒淡淡一笑，覺得頭有些暈。

見荏苒體力不支，張析宇決定打道回府。

回程路上，荏苒坐在捷運車廂裡睡著了，不過她睡得並不安穩，而且她竟然又作夢了。

那不是個美好的夢，明明她已經得到文妲的允許，可以留在西元與張析宇共度一生，本該美好的未來卻出現意料不到的險峻發展……

荏苒一身冷汗醒過來，睜開眼睛便看見張析宇關心地望著她，而他的手也正緊緊握著她的，彷彿在告訴她，什麼都不用擔心，他會一直陪在她身邊。

她夢中的那些不安，頓時消散在張析宇柔情繾綣的目光裡。

★

在荏苒懷孕滿三個月的時候，透過產檢得知了胎兒的性別。

是個女孩。

「糟了，我已經開始擔心她以後會不會被壞男生欺負了。」張析宇一則以喜，一則以憂。他笑著親吻荏苒的額頭，迫不及待迎接女兒的到來。

兩人商量過後，決定將荏苒懷孕的消息昭告天下，畢竟接下來荏苒的肚子會越來越大，加上荏苒不想放棄學業，打算等到接近生產前才向學校請假待產，所以怎麼想都還是早點告訴大家比較合適。

眼看張析宇的生日就快到了，荏苒提議不如以慶生爲由，邀請兩人的好朋友過來家裡聚會，同時在聚會中宣布自己懷孕的事。

「我一個大男人還過生日，感覺好奇怪。」張析宇皺眉，他從小到大都沒有過生日的習慣。

「但我想幫你慶生，生日對每個人來說應該都具有特別的意義，畢竟媽媽是在那一天生下你的。」荏苒輕輕握著張析宇的手，「我想陪你度過那重要的一天。」

荏苒這番話令張析宇心中一動，他想起逝去的母親李玉佳，忽然覺得能夠鄭重其事地度過自己的生日，確實別具意義。

「那妳的生日呢？」張析宇心想，自己眞是個失職的男朋友，居然到現在都不知道荏苒的生日是哪天。

「永平人沒有生日。」荏苒淡淡地說。

爲了有效控制人類數量，永平的生命機構將受精卵放入蛋型培育機器後，即便胚胎已發育完成，也不會立即取出，而是依據排程，每天從機器取出三百到五百人。因此對於永平人來說，所謂的「生日」，只是他們從蛋型培育機器被取出的那一日，並沒有意義。

「所以我也不記得我的『生日』是哪天。」荏苒聳肩，她並不覺得可惜，張析宇卻心疼地抱住她。

「不然，就把我在夜店遇見妳那天，當作是妳的生日吧。」張析宇在她耳邊呢喃。

「那我不就跟姍姍同一天生日了嗎？」

「我遇見妳的時候，已經過十二點了，所以算是薛姍姍生日隔天，不一樣。」他笑了笑，「妳還會在意這個啊？」

「呵呵，不會。我好高興。」荏苒用力回抱張析宇，眼眶漫上濕意。

在此之前，荏苒從來不覺得永平人沒有「生日」有什麼關係，也不是很在意，然而當張析宇將兩人初遇那天作爲她的生日，爲她的生日賦予如此值得紀念的含義時，她頓時覺得自己似乎從「生日」這個字詞上找到了生存的意義。

★

「荏苒，妳是不是胖了？」薛姍姍從荏苒手中接過邀請卡，同時目光敏銳地上下打量身穿娃娃裝的荏苒。

「有一點。」荏苒坦率地承認。

「好吧，妳胖一點也好。」薛姍姍幸災樂禍道，隨即又忿忿地說：「說起來莉芙那女人眞是個怪物，每次和我一起去吃東西，她都吃超多的，也不見她發胖，我都胖兩公斤了。」

「妳最近還時常和她約出去嗎？」

「最近比較沒有，她好像找到打工了，妳不知道嗎？」

「不知道。」荏苒有點訝異，莉芙居然沒跟自己說，難怪她最近訊息總是回得很慢。

仔細想想，莉芙的確需要收入，傅采茜說到做到，並未提供莉芙生活費，只有當莉芙購買補品、食材給荏苒時，傅采茜才讓她實支實付。

倒是荏苒和張析宇都表示不想再繼續接受傅采茜在金錢上的援助，傅采茜卻說她這麼做是爲了荏苒肚子裡的小孩，總不能讓荏苒挨餓吧。

張析宇現在還只是實習生，收入微薄，若堅持不接受傅采茜的援助，確實無法給予荏苒最好的照顧，但他相信這只是暫時的，畢業後他必然能找到一份收入穩定的正職工作，將有足夠的能力照顧好荏苒和家庭，並返還傅采茜這段時間的金援。

「妳知道莉芙在哪裡打工嗎？」荏苒問薛姍姍。

「在一間我和她一起去吃過的蛋糕店，就是她之前很常PO文的那間，後來她就去那裡打工了。」薛姍姍邊說邊從手機上找出她和莉芙在店裡拍的合照，「我上個星期還去捧過場。」

「她爲什麼不告訴我？」看著那張照片，讓荏苒有點小小的寂寞，但同時也很高興。

她很高興莉芙在這裡也有了自己的生活和朋友。

「反正妳不是也要拿邀請卡給她嗎？不如直接殺去店裡，給她一個驚喜，她今天剛好有班。」薛姍姍邊說邊打開邀請函，「沒想到張析宇會這麼隆重地慶生，還有邀請卡耶。」

「這什麼東西？」李聿融正準備去停車場，見她們兩個站在一塊聊得不亦樂乎，忍不住上前插話。

「啊，我正要找你。」茌苒從後背包又拿出一張邀請卡，「這個星期六我要幫析宇辦生日會，你會來吧？」

「欸？張析宇這傢伙不是不過生日嗎？看來談戀愛讓他性情大變。」儘管語帶調侃，李聿融臉上卻滿是笑意，能見到好朋友從失去家人的悲痛中站起來，他感到十分欣慰。

「這是他第一次跟大家一起過生日，你們絕對要來喔。」茌苒再三叮嚀。

「好，星期六見。」李聿融將邀請卡收到包裡，向兩人告別。

走遠之前，他又回頭看了一眼還在和薛姍姍說話的茌苒。

他微微一笑，在心裡向他的初戀道別。

離開學校後，李聿融騎著機車，來到一間網紅蛋糕店。以往的他爲了面子，絕對不會獨自前來這種充滿少女情懷的店，如今他已掙脫了許多不必要的束縛，終於能堂堂正正前來品嘗這些美味的蛋糕了。

才走近蛋糕店，李聿融就注意到有個身穿黑衣、頭戴棒球帽的男人，正站在蛋糕店的玻璃櫥窗外往店裡張望。

「好漂亮……」男人低喃。

然而當李聿融準備推門而入時，男人卻立刻壓低帽簷轉身離開。

李聿融頓時對男人產生某種同病相憐的情緒，他過去也曾經站在店外偷看漂亮的蛋糕，不敢踏進店內享用，希望那個男人有一天也能不再顧忌世俗的眼光。

「歡迎光臨，一位嗎？」有著一頭耀眼紅髮的外國女孩穿著合身的黑色洋裝迎上前，修長的美腿蹬著跟鞋。

「對。」李聿融點頭，覺得對方有點眼熟。

在莉芙的帶領下，李聿融來到窗邊的座位坐下。

「需要點餐的話麻煩舉個手，今天的蛋糕都擺在櫥窗裡，可以走過去看看想吃什麼。」莉芙親切地招呼完李聿融，便先去忙別的事。

李聿融這時也想起，自己先前確實見過莉芙幾次，沒想到又會在這裡遇見她，不過從莉芙的反應看來，她應該不記得他了，也不意外，畢竟不過幾面之緣罷了。

就在李聿融仔細研究菜單，猶豫著要點哪一種蛋糕時，他無意間抬頭往窗外瞥去，注意到方才那個一身黑衣的男人並未離去。

這次他站在對面街道，棒球帽的帽簷壓得老低，視線似乎頻頻往這邊看過來。

他看起來並不是想吃蛋糕。

這讓李聿融起了好奇心與戒心，他回頭環顧店內，目前正值平日下午時段，客人並不多，服務生也只有三位。

那個男人是在看誰？

但是當李聿融又轉頭往窗外瞥去時，對街的男人已經不見了。

李聿融心想，或許是自己太敏感了。

最後他點了最安全的提拉米蘇，才吃下一口便驚爲天人，他暗自決定以後要時常來這間店報到。

李聿融吃完結帳離開沒多久，荏苒和張析宇也來到了這間蛋糕店，當時天色已暗，張析宇停好機車後留在外頭，由荏苒獨自朝蛋糕店走去。

她注意到一個戴著棒球帽的黑衣男人，站在街邊盯著蛋糕店裡看，臉上帶著狂熱的神色，那模樣令人有點不舒服。她快步走過男人身畔，聽見男人喃喃自語：「火紅的……好美，金黃色的眼睛……」

荏苒猛地轉過頭看向男人，他臉頰削瘦，痴迷地死盯著店內。察覺到荏苒的視線，男人並未閃躲，直直迎向荏苒的目光，露出猙獰的微笑，她趕緊低下頭，推開蛋糕店的店門。

「歡迎光……欸？荏苒？」莉芙勾起的嘴角僵住了，她很驚訝荏苒竟然會出現在這裡。

店內明亮的光線以及見到莉芙的喜悅，驅散了荏苒方才的不安，「莉芙，妳怎麼沒跟我說妳開始打工了？」

「如果告訴妳，妳不就會像這樣跑過來嗎？孕婦該待在家裡好好休息，不要到處跑來跑去。」莉芙邊說邊拉開椅子，要荏苒快坐下。

「不會啦，醫生說孕婦要多走動，到時候才比較好生。」荏苒覺得旁人都太緊張了，「看妳這麼開心，我就放心了。」

「開心？我看起來開心嗎？」莉芙歪了歪頭。

「是呀，難道妳不覺得開心嗎？」

「沒有開心，也沒有不開心呀。不過在這裡工作，每天都能吃到美味的蛋糕，這點還不錯。」莉芙眼珠一轉，「荏苒，我可能沒辦法陪妳聊太久，等等就是店裡的尖峰時刻了。」

「啊，我只是來送這個給妳。」荏苒趕緊把邀請卡遞過去，「我們打算這週六告訴大家我懷孕了。」

「那很好啊，也要順便告訴大家妳肚子裡懷的是女兒嗎？」莉芙打開邀請卡，還是粉紅色的款式呢。

「妳怎麼知道我懷的是女兒？」荏苒一愣，除了張析宇，她明明還沒讓任何人知道這件事。

「妳已經懷孕三個多月了，在產檢的時候應該可以判定出胎兒的性別了，再加上妳選擇粉紅色的卡片。」莉芙指尖撫過邀請卡，語氣相當篤定。

「原來如此……莉芙，這些日子眞的很謝謝妳。」

「謝什麼？」

「謝謝妳過來陪我，能在這裡見到永平的朋友，妳不知道這對我來說意義有多大。」荏苒拉起莉芙的手。

「我過來這裡，只是爲了完成文姐指派的任務。」

「我知道，但妳還是來了。我喜歡來到這裡以後的妳，妳選擇了自己想要過的生活與想要結交的朋友，然後妳臉上的表情也變多了，而不是像在永平那樣，大家都冷冰冰的，像具沒有靈魂的空殼。」

「爲什麼來自永平的荏苒，卻一直批評永平的不好呢？」儘管莉芙嘴角帶笑，說出的話卻和她在永平時一樣冷酷，「西元固然吸引人，但是永平才是對人類更好的時代。」

荏苒頓時便明白，即使莉芙學會了笑、有了選擇的能力、喜歡上了美味的食物，她的內心卻依舊沒有改變。

也許，還需要再多一點時間，莉芙才能被西元的一切所感染，成爲一個有溫度的人吧。

「我不是要批評永平，只是覺得……人類應該像西元人這樣……」荏苒呑呑吐吐地想要解釋，同時心中浮現疑惑，難道文姮沒把她對於永平人未來的隱憂告訴莉芙嗎？

文姮就是希望永平人能重拾西元人身上的情感，否則日趨淡漠寡情的永平人將會逐漸走向另一種形式的滅亡。

「對了，莉芙，我剛剛在外面看到一個很奇怪的男人，他一直盯著店裡看，還一邊自言自語，我覺得他好像是在看妳，我有種不太好的預感。」這件事比較重要，於是荏苒決定打住剛剛那個無解的話題，轉而提醒莉芙。

「預感？」莉芙笑了笑，笑裡帶了點嘲諷，「妳太迷信了，是來西元久了所以被感染了嗎？世界上沒有什麼預感、直覺或是神靈，值得相信的只有經過科學驗證的事物。」

「妳之前勤於更新社群媒體時，不是引來過幾個奇怪的粉絲嗎？還是注意一點好。」荏苒有些不安。

「沒事啦。」莉芙擺擺手，「荏苒，我眞的不能再聊了，同事在瞪我了。」

「好，那我們星期六見。」離開前，荏苒向莉芙訂了一個大蛋糕，準備星期六當天和大家一起吃。

走出蛋糕店後，荏苒注意到方才那個奇怪的男人不見了，這讓荏苒鬆了一口氣，安心走向坐在機車上等她的張析宇。

★

下班後，莉芙和同事結伴走向捷運站，一群人有說有笑走在熱鬧的街道上，絲毫沒有發現身後有個穿著黑衣的男人始終一路尾隨。

「好漂亮，妳眞的……好漂亮。」黑衣男邊說邊舉起手機拍了好幾張莉芙的照片，「怎麼可以關掉IG？這樣我怎麼見到妳……」

與同事們道別後，莉芙走進捷運車廂，戴上耳機，坐在位子上閉著眼睛休息，男人則坐到了她的對面，又舉起手機對著她接連拍照。

捷運列車行駛過五、六站左右，莉芙忽地睜開眼，發現自己該要在這站下車，連忙抓起包包往外衝，與一位正要走入車廂的男乘客撞個滿懷。

「呀！」莉芙驚叫一聲，手上的手機沒拿好，往黑衣男的腳邊飛去。

「不好意思！」被莉芙撞上的男乘客正是李聿融，他立刻道歉，並跑到黑衣男腳邊撿起莉芙的手機，正準備也跟對方說聲抱歉時，卻發現這個黑衣男有幾分眼熟。

黑衣男避開李聿融的目光，抬手壓低棒球帽的帽簷。

「我的手機。」莉芙朝李聿融喊，此時車廂門已經關起，列車也繼續搖搖晃晃地前行。

「啊，抱歉。」李聿融把手機還給莉芙，再次向她道歉。

「是我突然衝出去才會撞到你，我才要道歉。」莉芙低頭檢查手機，幸好螢幕沒有裂開，這時她才看清楚李聿融的臉，「啊，是你，你下午來過我工作的那間蛋糕店。」

「妳記得我？」李聿融好奇。

「嗯，之前就見過你兩次。最早那次是你在明生大學校門口扶老奶奶過馬路，第二次是在明生大學校園裡。」莉芙記憶力很好。

「我以為妳不記得。」李聿融挑眉。

「畢竟不認識你，不需要跟你打招呼。」莉芙說得老實，這讓李聿融笑了起來。

「我也是這樣想。」

見捷運抵達下一站，莉芙便要下車，李聿融也跟著下車。

黑衣男坐在原處，緊抓著褲管，氣得渾身顫抖。

「我該在上一站下車，所以我要往這邊。」莉芙指向對面月臺。

「那我先走了，下次再見。」李聿融點點頭，兩人就此道別。

莉芙站在月臺上等候列車，也不知道爲什麼，剛才與李聿融那段簡短的對談，讓她想起貝克，雖然他們兩個在外型上一點都不像。

貝克算是她在永平交流最多的男性，而荏苒則是她互動最多的女性。仔細想想，她在永平每天基本上很少與人交談，現在卻因爲打工的緣故，每天都要和不同的人說話，對於這一點，她感到十分疲倦。

她喜歡待在完全屬於自己的空間裡，不喜歡和他人有過多互動，不過不要緊，她只需要待在這裡不到一年，等到荏苒生下孩子，一切就結束了。

莉芙眼神變得空茫，嘴角的笑容也逐漸垮下。

生活在這樣一個過於熱情的時代，她覺得好累。

★

星期六是個陽光普照的好日子，雖然已經入秋，但白天的氣溫舒爽宜人。

茌苒和張析宇一同在家中進行布置，張析宇一邊動手，一邊嘀咕布置自己的生日會場很彆扭。

「我就說我來就好啦。」茌苒準備將串好的彩帶黏在櫃子上，張析宇連忙伸手搶過。

「妳也不想想自己是孕婦，還敢爬那麼高。我就說不用費心布置了，大家過來開心吃頓飯就好。」

「那怎麼行？這可是我們有了孩子後，你的第一次生日，也是最後一次只屬於我們兩個的生日耶。」茌苒嘟嘴，「所以一定要很特別！」

「……其實只要妳陪在我身邊，我就很高興了。」張析宇心中湧上感動。

「我也是。」茌苒甜甜地說。

兩個正在熱戀中的年輕男女你儂我儂一下後，便開始著手準備晚上的餐點。茌苒喜歡自己動手做料理，同樣的食材能因爲料理方式與調味的不同，而有不同風味，就像對食材施了魔法一樣。

第一個抵達的客人是傅采茜，她隻身前來，帶了一套女嬰的服裝當作禮物。茌苒很好奇，爲什麼傅采茜也知道她懷的是女兒？

「因爲邀請卡是粉紅色的。」傅采茜所持理由和莉芙一樣。

「妳和莉芙眞是觀察力敏銳。」荏苒先將傅采茜的禮物收進房內，以免破壞要給其他人的驚喜。

隨後到來的是薛姍姍，她見到傅采茜，訝異得說不出話來，整個人侷促不已，一點都不像平時直來直往的她。

她奉上泡湯劵作爲送給張析宇的生日禮物，還神情曖昧地眨了眨眼：「是情侶包廂喔。」

張析宇和荏苒早就過了一起泡湯會害羞的階段，態度坦然地收下這份禮物。

「呿，你們的反應眞無聊。」見兩人完全沒有一點害羞，薛姍姍有些失望。

傅采茜看著眼前這一幕，不禁勾起嘴角，她覺得自己從來沒有這麼安心、快樂過。

★

莉芙提著荏苒前幾天在店裡預訂的大蛋糕，從捷運站出口往荏苒家走去。夜晚的街道雖然燈火通明，她卻莫名覺得不安，這是她過去從未體會過的情緒。

那陣跟隨在她身後的腳步聲不曾停歇。

她分不清那人只是與她同路，還是故意尾隨著她。她真的不想隨便懷疑別人，可是她兩次回過頭，都看到那個穿著一身黑衣的男人不遠不近地跟在她後方兩、三百公尺處。

可能只是剛好同路。

莉芙如此催眠自己，但她又很快想起修習西元古文明課程時，被老師獨立出來講述的西元犯罪史。

荏苒家就在前方，她幾乎可以看見那棟大樓了。

別緊張，別自己嚇自己。

只要過了這條馬路，再往前走幾步路，就可以到荏苒家了。

然而莉芙的步伐卻被行人號誌燈亮起的紅燈攔下，她慌亂不已，儘管沒有轉頭，但她能透過眼角餘光瞥見那個男人站到了她的身側。

而且靠得很近。

那個男人個子雖不比莉芙高，但是他身上散發的危險氣息讓莉芙很緊張。她一手抓緊蛋糕的繫繩，一手從包包翻找出手機，打算撥電話給荏苒，讓男人知道有人在等她。

「莉芙……」男人冷不防喊出她的名字。

莉芙嚇了一跳，失手將手機摔在地上。

手機滾到了男人的腳邊，她頓時全身一僵。

男人彎腰撿起手機，緩緩抬頭，終於第一次和莉芙對上了眼，他面頰凹陷，雙目突出，「莉芙，妳的手機老是掉到我的腳邊，這就是命運……」

男人的聲音低沉粗啞，像是從深淵發出。

「謝、謝謝……」莉芙伸出顫抖的手，想要接過手機，男人卻將手機往前方馬路一扔。

「既然老是掉手機，就乾脆不要手機了。」男人笑了笑，往莉芙靠近一步。「妳爲什麼要關掉IG？」

「什麼？」莉芙往後退，她考慮要不要闖紅燈跑過馬路。

「沒有妳的照片，我每天要怎麼過活啊……」男人從口袋拿出自己的手機，螢幕上的畫面竟然是莉芙在蛋糕店工作的照片。

「你、你是誰？」

「妳怎麼會不記得我是誰？我每次都有幫妳按讚和留言！雖然妳很少回覆……可是我每次都有出現，我都是前三個按讚的，妳怎麼可以不記得我是誰！」男人忽然爆出吼叫，衝上前就要抓住莉芙。

「呀——」莉芙尖叫。

此時一個年輕男人飛快擋下黑衣男的手。

「你在幹什麼？」高大的李聿融用力推開黑衣男。

「又是你！」男人踉蹌地往後退了幾步，他的手卻突兀地伸往口袋裡。

李聿融注意到他的舉動，懷疑他可能攜有武器。

「妳認識他嗎？」李聿融警戒地將莉芙護在身後，雙手微微張開，眼睛緊盯著前方的黑衣男。

「不認識！我才不認識他！」莉芙大喊，她的眼淚落了下來。

「妳這女人——」男人從口袋掏出刀片，氣得往她衝去，李聿融算準距離，巧妙地捉住男人的手腕，乾淨俐落地將男人過肩摔在地上。

莉芙被這一幕嚇得幾乎要站立不住，手上一鬆，蛋糕也跟著掉在地上，而黑衣男被摔得頭昏眼花，當場暈了過去。

「這是跟蹤狂吧！等等，這個人不就是我上次在蛋糕店外看見的那個嗎？」李聿融開啟手機的手電筒功能照向黑衣男的臉，抬腳把刀片往旁邊遠遠踢開，「妳快打電話報警。」

「我、我的手機被他扔到馬路上了。」

「那妳用我的手機。」李聿融把手機遞給莉芙，他怕男人忽然醒來跑走，便用膝蓋壓制住他的身軀，再緊扣住他的雙手。

就在莉芙顫抖的手指將要按下按鍵時，手機驀地鈴聲大作。瞥見螢幕上顯示的來電者名字，莉芙不由得一愣：「你認識張析宇？」

「妳也認識他？」李聿融很訝異，看了眼地上的蛋糕，心中閃過一個猜測，「難道妳也是要去參加他的生日會？」

「對……」莉芙說完，再也抑制不住劫後餘生的驚悸，猛地放聲大哭，並按下了通話鍵。

透過手機聽到莉芙的哭聲，張析宇等人嚇了一大跳，趕緊跑下去和他們會合，並且迅速報警。

最後大家陪莉芙和李聿融到警局做了筆錄，一通折騰後，再回到荏苒與張析宇的住處時已近晚上八點，荏苒精心準備的飯菜都涼了，讓莉芙頗爲歉疚。

「要是我聽妳的話，多多注意就好……」莉芙被嚇得不輕，畢竟永平安全到連「犯罪」都已經成爲陌生的歷史名詞，她從未想過自己會碰上這樣的事。

過了好一會兒，莉芙才又驚魂未定地說：「這裡好危險，我想我永遠無法習慣。」

「沒這回事，妳碰上的只是個案……」荏苒安撫莉芙的話語有些蒼白，就像政府官員在每次出事後所打的官腔一樣。

傅采茜把摔碎的蛋糕稍微整理過，放到客廳桌上，語帶雙關道：「好啦，人沒事就好，就當是學一課，只要多留心，這裡還是很安全的。」

「生日蛋糕都毀了，抱歉。」莉芙看著變形的蛋糕和慘不忍睹的奶油裝飾，心下懊惱。

「哈哈哈，妳人沒事比較重要，況且蛋糕摔爛了也還是可以吃啊，不用想太多。」張析宇摩娑著下巴，「不過那個男人受到的刑罰可能不會太重，我想莉芙還是辭掉打工比較保險吧。」

「不行，我就快升職了，況且我很喜歡那間店。」莉芙不肯。

「拜託，人身安全比升職重要好嗎！傻瓜喔！」薛姍姍用手指彈了下莉芙的額頭。

「可是升職後會加薪。」

莉芙這句話讓李聿融笑了出來，「如果妳不介意，我可以送妳回家。」

所有人都瞪大了眼睛，總是選擇和女生保持距離的李聿融，怎麼會忽然自告奮勇要當護花使者？

「等一下，李聿融，你該不會……」薛姍姍略微緊張，雖然她現在對李聿融的事不再那麼患得患失，但多少還是會在乎。

「別亂想，要是你們目睹剛剛那一幕，大概也會做出跟我一樣的決定。」李聿融搖頭，「如果不是我恰巧出現，你們能想像接下來會發生什麼事嗎？」

「我不敢想像。」傅采茜雙手環胸，一本正經地說。

「這段時間我會盡量抽空陪著妳，但可能沒辦法每次都去接妳下班，妳最好還是換個工作比較好。」李聿融向莉芙提出建議。跟蹤狂犯下的罪行並沒有嚴重到會被關起來，難保他不會再次糾纏莉芙。

「……謝謝你，那就麻煩你了，關於換工作的事，我會好好想想。」莉芙遲疑片刻，決定接受李聿融的幫助。

荏苒和傅采茜互相交換過訝異的眼神。永平人向來不喜麻煩他人，莉芙卻願意接受李聿融的幫助，這讓荏苒有些振奮。

「那我們快點來唱生日快樂歌吧。」莉芙換了個話題。

「前一刻氣氛還這麼嚴肅，就這樣唱生日快樂，也太跳tone了吧。」張析宇打趣道，逕自拿起刀子切開蛋糕，「就免了吧，大家一起吃吃蛋糕，等我和荏苒的女兒出生後，明年我們再一起慶生。」

張析宇如此輕描淡寫地說出令人震驚的消息，讓李聿融和薛姍姍一時都愣住了，他們傻眼的表情把張析宇逗得樂不可支。

「你惦惦吃三碗公耶！但是你們眞的考慮清楚了嗎？」薛姍姍一臉恍然大悟，難怪她覺得荏苒最近胖了不少。「關於生小孩這件事。」

「當然考慮清楚了，我一定會生下這個孩子。」荏苒雙手抱著肚子，語氣堅定無比。

朝荏苒看過去的傅采茜神情複雜，而莉芙卻是面無表情。

「欸，那你們是打算先公證結婚嗎？」李聿融吃了一口蛋糕，還是不太敢相信荏苒已經懷孕了。

「關於這個……」張析宇咳了幾聲，忽然走到荏苒面前單膝跪下。

「咦？咦咦？怎麼了？」荏苒慌張地想要扶張析宇起來，傅采茜卻按住她的手臂，要她坐好別動。

「荏苒，雖然我們都還很年輕，或許我還不夠可靠，經濟能力也還有問題……但每當我想像起未來，不管經過十年、二十年，我身邊的人也一定都會是妳，我無法想像妳不在我身邊的未來……」張析宇邊說邊從口袋掏出一個藍色方形盒子，他打開盒子，裡頭是一枚款式簡單的白金戒指，「我還買不起鑽戒，但總有一天我會給妳一枚鑽戒，請妳和我共組家庭吧。」

荏苒眼前迅速蒙上一層淚，她連連點頭，激動得連話都說不出來，當張析宇將戒指套上她左手的無名指時，她臉上淌滿了淚水。

永平早已廢止婚姻制度，莉芙也從來不覺得人類需要結婚，然而當她目睹張析宇求婚的過程，她內心感受到了陌生的情緒波動。

儘管那樣的波動很輕微，就像是一滴水珠落在湖面，盪出一小圈微小的漣漪，湖面很快又平靜如鏡。

在眾人的歡呼之下，戴上戒指的荏苒與張析宇緊緊相擁，爲今夜劃下完美的句點。

「快點生下孩子吧。」莉芙輕喃，看了傅采茜一眼。

傅采茜眼中也有著感動的淚光，她來到西元太久了，久到她也學會喜歡上一個人，跟著憧憬起了婚姻。她也殷切期盼荏苒的孩子出生，只要孩子出生了，她便能眞正地過自己的人生。

第四章　不過是只屬於西元時的情感

荏苒和張析宇本來打算等生下孩子，並且待到孩子年紀大到可以擔任花童時，再舉辦婚禮。

傅采茜卻說：「別傻了，等孩子生下來，你們根本不會有閒暇辦婚禮！」

「最好還是辦一下婚禮，你們在學校才不會引來閒言閒語。」薛姍姍也認同，雖然時下觀念已然十分開放，但荏苒和張析宇畢竟還是大學生。

於是在薛姍姍的建議下，兩人包下莉芙工作的蛋糕店作爲婚禮場地，簡單邀請幾位朋友到場觀禮。

荏苒班上幾個比較親近的同學也來了，一一向新人獻上祝福，同時也向張析宇表達謝意，感謝張品庭在園遊會上給予他們的指導與幫助。

這讓張析宇感到十分溫暖，許多曾和姊姊有過接觸的人，都還記得姊姊的良善與美好。

他轉頭看向一桌擺放著蛋糕和茶水的四人座空位，想像自己的家人也正笑容滿面地坐在那裡，共同參與他的人生大事。

他低頭親吻荏苒的唇，隻手撫上荏苒那明顯隆起的肚子，她穿著一襲剪裁寬鬆的白色洋裝，美麗一如初見。

婚禮溫馨簡單，對於荏苒和張析宇來說，這樣的一場婚禮已經足夠完美。

婚禮的最後，荏苒手上拿著薛姍姍為她準備的新娘捧花，輕輕往一群未婚女性扔，最終捧花落在傅采茜手中，她眼裡泛著淚光，笑容燦爛。

★

「妳今天幾點下班？」李聿融問莉芺。

婚禮結束後，所有賓客各自離去，身為蛋糕店員工的莉芺仍得留在店裡幫忙打掃，荏苒原本也想留下，但因為害喜的緣故，只好與張析宇先回家休息。

而李聿融倒是留著，他護花使者的任務還在持續。

「最近沒看到那個人出現了，你先走吧，我等一下自己回去就好，而且現在時間還早，天還是亮著的。」莉芺淡淡地說。

「反正我也沒事。」李聿融聳肩，目光落向後方的蛋糕櫃，「還是說我能點塊蛋糕來吃？」

「剛才的餐點還不夠你吃嗎？」莉芙有些驚訝，但還是端了盤蛋糕和剩餘的食物給他。

李聿融獨自坐在窗邊的座位享用美食，莉芙則和其他同事繼續打掃環境。

「莉芙，他是妳男朋友嗎？」同事們八卦地起鬨。

最近這段期間，李聿融幾乎每天都會到店裡接莉芙下班，兩人外型登對，也難怪莉芙的同事們會做此猜測。

「不是，只是朋友。」莉芙將店內的帳款結算完畢，關上收銀機，「好了，我先走了。」

「他長這麼帥，要是妳不好好把握，很容易被別人搶走喔。」一名性格活潑的女同事擠眉弄眼道。

莉芙沒當回事，朝李聿融走去。

窗外的夕陽斜斜照射進來，落在李聿融身上，襯得他眉目更是俊朗出眾，莉芙心中突然微微一動。

似是察覺到她的目光，李聿融轉過頭對上她的眼睛，眉毛一挑，語氣慵懶：「下班了？」

莉芙心中驀地漲滿某種難以形容的情緒，一時竟說不出話來。

這種心情，該何以名之？

兩人踩在夕陽餘暉灑落的街道上，往捷運站的方向走去。

「你今天怎麼沒騎車？」

「最近天氣變冷了，騎車麻煩。」李聿融將手插在口袋裡，他是個怕冷的人。

「我說了，可以不用這樣特地接我下班。」莉芙又皺眉。

「對了，妳要看電影嗎？」李聿融置若罔聞，問了一個八竿子打不著的問題。

「看電影？我在這裡還沒看過電影。」

「那太可惜了。」李聿融輕描淡寫道，「最近有一部電影我挺想看的，就當作是這些日子送妳回家的回報，陪我去看？」

莉芙考慮半晌，這個提議似乎很合理。

「很謝謝你這些日子以來的幫助，那麼看完這場電影後，你就不要再這樣來店裡送我回家了，好嗎？」

「可以，不過要是妳再看到那個男人，一定要立刻打電話通知我。」李聿融爽快地答應。

李聿融帶著莉芙來到附近的電影院，很快買好了那部愛情片的票，至於為什麼會想約莉芙來看電影，李聿融自己也不明白。

對於莉芙的感覺，還稱不上是喜歡，但也不僅僅只是把她視為朋友。

即便與莉芙相識未久，他卻能察覺莉芙是個很特別的女生，儘管她臉上不時掛著得體的微笑，可在那雙美麗的眼睛裡，許多時候都是一片淡漠。

莉芙明明是荏苒的好朋友，然而不管是張析宇跪下向荏苒求婚時，或是兩人婚禮當天，莉芙雖然都做出了該有的反應，例如拍手歡呼或是露出微笑，但是那樣的情緒卻不能到達她的眼睛裡。

唯一一次例外是莉芙遇襲那天，她美麗的雙眼終於不再平靜無波，而是瀰漫著濃厚的恐懼。

李聿融猜測，或許莉芙在情感上比較遲鈍，若能讓她多欣賞幾場情節深刻的電影，或是多聆聽幾首動人的歌曲、多閱讀幾本催淚的小說，或許莉芙就能更理解各種情感，並擁有更多的快樂。

他們看的那部愛情片是以穿越時空作為劇情主軸，女主角穿越時空與男主角相遇，過程充滿波折，幸好編劇和導演最後給了好結局，兩人排除萬難之後，總算能在一起了。

走出放映廳，李聿融不意外地眼眶紅了一圈，莉芙卻面色如常，她既沒嘲笑李聿融的眼淚，也沒有任何受到感動的樣子。

「好看嗎？」李聿融聲音還帶著一絲哽咽。

「女主角穿越的方式很不合理。」莉芙在乎的居然是這種細枝末節的地方。

「不用管那個啦！我是說愛能超越一切這件事，妳不覺得很感人嗎？」

「嗯。」莉芙點頭。

能得到莉芙的認同，令李聿融大喜過望。

莉芙隨後又說：「就算愛能超越一切，結局還是太過圓滿，如果是現實世界，是不可能會有那樣的結局的。」

「畢竟是電影，還是要有個皆大歡喜的結局比較好吧。」李聿融還是第一次見識到像莉芙這麼冷靜理性的人，一般觀眾不都希望電影裡的主角能有個好結局嗎？況且就是因爲現實生活不太可能那麼美好，才需要電影給出安慰啊。

「這樣的結局是好的嗎？」莉芙認眞討論了起來，「就因爲男女主角彼此相愛，導致那麼多人遭遇不幸，這樣眞的是好的嗎？」

「呃……畢竟他們是男女主角，觀眾都會希望相愛的兩個人能得到幸福。」

「男女主角就該爲大局著想，他們能相愛一場，已經是很大的福分了。」莉芙語氣不容置疑，「穿越時空的愛情，本來就不可能長久。」

「沒想到妳會這麼認眞。」莉芙的反應讓李聿融覺得很有趣，他忍不住唇角勾起，「扣除那些，妳覺得這部電影好看嗎？」

「說實話，還滿有趣的。」莉芙哼起電影主題曲，歌聲雖輕，卻十分悅耳。

「那我們下次有機會再一起去看電影吧，如果妳有想看的電影，也可以找我。」

「嗯。」夜晚的風更強了，莉芙拉緊外套，看向李聿融因冷風刮過而染上薄紅的側臉，「聽說你以前喜歡荏苒。」

她突如其來說出這句話，讓李聿融差點腳步一個踉蹌，「妳聽誰說的？」

「姍姍說的。」

「她還眞是……」

「姍姍還說她以前喜歡你。」

「喔？以前啊……」李聿融微微一笑，「好吧，既然她這麼說，那就是這樣。」

「你喜歡荏苒，今天怎麼有辦法出席她的婚禮呢？」

「爲什麼不行？」李聿融訝異地反問。

「因爲嫉妒是人類與生俱來的七原罪之一，你不會嫉妒張析宇嗎？」莉芙眼中浮現疑惑。

「欸……怎麼說呢？我當然對張析宇有過嫉妒，可是有一種情緒叫做『釋然』，妳懂嗎？」

釋然？

課堂上沒教過這個詞，莉芙不知道那是什麼樣的情緒。

「況且……有時候即便還喜歡對方，但只要對方幸福，妳也會覺得幸福。妳沒有過類似的經驗嗎？」

「所以你還喜歡著荏苒？」

「應該要說，我現在對荏苒的感情，已經不是所謂的『喜歡』或『不喜歡』，而是一種『愛』，單純把她視爲重要朋友的那種愛，非關男女情愛。」李聿融說完揉揉鼻子，有些不好意思。

「不懂。」莉芙歪了歪腦袋。

「在遇到荏苒前，我也不懂。」

莉芙眼睛一亮，「情緒不是人類天生具備的嗎？不是生來就該懂的嗎？」

「誰說的？」李聿融失笑，「人在一生中會遇見很多人，碰上很多事。嬰兒剛出生的時候只知道哭和笑，過一陣子漸漸懂得簡單的喜怒哀樂，隨著年紀增長，情緒會逐漸複雜化，喜怒哀樂不過是個大統稱，有些時候你甚至無法爲自己的情緒找到合適的形容詞。」

「所以面對複雜的情緒也需要學習？」莉芙思忖。

「嗯，學習面對與處理新的情緒，再自我消化。」

「這也就是你可以參加荏苒婚禮、姍姍能夠繼續和你往來的原因？」

「嗯，大概吧，其實我也不太清楚。」李聿融聳聳肩，輕笑了聲。

「如果有一天，當科技進步到能夠從人類身上移除掉情緒這種東西，你認爲人類還會有如此複雜的感受嗎？」

李聿融看了莉芙一眼，看來莉芙對科技十分感興趣。

「我沒辦法回答妳這種假設性的問題，但我覺得只要是生物，都會有情緒與感受，只是深淺多寡罷了。」

兩人邊說邊走進捷運站，李聿融注意到前方捷運列車正要進站，下意識拉起莉芙的手，「快點，車來了！」

「欸……」莉芙還沒反應過來就被李聿融拉著走，她想甩開李聿融的手，但李聿融力氣很大，而且……他的手也很大，她看著李聿融的後腦勺，心中再次湧現那種難以名狀的心情。

上次心中出現那樣的心情，是在蛋糕店窗邊與李聿融在夕陽下四目相接時。

這份心情到底是什麼？

這樣的心情是在她來到西元後才感受到的。

是不是她也正在學習理解與面對那些陌生的複雜情緒？

「太好了，趕上了。」李聿融鬆了一口氣。

李聿融拉著荏苒在車廂關上門前衝進去，兩人出眾的外型，引來車廂內其他乘客頻頻投來目光。

「各位乘客請注意，爲了您的安全，請不要在關車門時強行進入車廂，謝謝。」車廂內響起列車長的廣播。

李聿融不好意思地笑了笑，轉頭看向窗外，藉此掩飾尷尬。

而莉芙環顧車廂裡的乘客，有人繼續盯著他們看，有人不時偷瞄過來幾眼，當然也有人早已把注意力從他們身上移開。

永平人就不會這樣，永平人的言行舉止向來有禮且克制，絕對不會隨便打量他人。

「明明是落後的西元……」莉芙不明白，爲什麼處處落後永平的西元，卻讓她向來平穩的心緒開始起了波瀾。

「妳剛剛說了什麼嗎？」李聿融壓低聲音問。

「沒有。」莉芙搖搖頭，這一次她模仿不出西元人的微笑。

★

「直到現在，我都還不敢相信我的肚子裡已經有了新生命。雖然一開始是為了懷孕，我才會來到西元，但當時是出於任務，心態完全不一樣……文姐也眞是的，明明要我和我愛的人生下孩子，幹麼不直說？這件事我在之前的錄音抱怨過了，但每次想到還是忍不住想再抱怨一次。對了，我最近時常有一種很奇怪的感覺，我越來越融入西元的生活，好像我本來就該屬於西元，可是我在永平生活的時間更長啊……」荏苒對著手環絮絮叨叨，持續紀錄每日的生活，只是講到一半，卻忽然忘記接下來要說什麼，她歪著腦袋思索半晌，索性放棄，「最近大概是因為懷孕的緣故，記憶力變得好差，聽說生完小孩以後，症狀還會更嚴重。」

說完她自嘲地噗哧一笑，關掉手環的錄音功能。

「好了嗎？」張析宇一邊打領帶，一邊走出臥房。

「嗯，我們走吧。」挺著大肚子的荏苒從沙發上起身。

張析宇拿起紅色圍巾為她圍上，還摸了下她圓滾滾的肚子，「寶貝，我們要出門嘍。」

「寶貝是叫誰呢？」茬苒故意裝作吃醋。

「她是小寶貝，妳是大寶貝嘍。」張析宇輕捏了下她的臉頰。

他曾經覺得情侶間的互動過於親密很噁心，也曾經覺得傻父母很討人厭，但當自己身在其位時，卻認爲那些都是愛的體現。他不在乎外人怎麼看他，最重要的是自己所愛的人的想法，他希望能讓茬苒感受到自己對她的珍視與愛意。

張析宇很珍惜現前擁有的幸福，他牽緊茬苒的手，緩緩步出家門。

今天天氣明顯降溫，冷風猶如小刀子般刮在臉上，但兩人有必須出門的理由。

即便早在婚禮前夕，張析宇已在牌位前上過香，邀請逝去的家人在婚禮當天前來觀禮，但兩人商量後，還是決定親自前去向他們報告這個消息。

懷有身孕的茬苒不便搭船，兩人站在淡水河畔遙望遠方海面，握著彼此的手不發一語。

茬苒可以感覺到張析宇的手微微顫抖，他依然會爲逝去的家人而難受不已，但總有一天，這樣強烈的悲傷會逐漸淡去。

「下一次就會帶著女兒一起過來看你們了。」張析宇吸吸鼻涕。

茬苒把頭靠上張析宇的肩膀，兩個人靜靜凝望著這片海，海面下埋藏著生者最深的思念。

「他們也是我的家人。」荏苒沒有父母，對她來說，李玉佳和張至堯就是她的父母。

張析宇把手覆在荏苒隆起的肚子上，荏苒也把手蓋了上去，兩人相視一笑。

「我們回家吧。」張析宇輕聲說。

「嗯，回家吧。」

回到我們的家。

★

咖啡的香味從咖啡機機飄散出來，煮好咖啡後，莉芙將用過的咖啡粉倒在一旁的小桶，讓有需要的客人免費帶回家。

「小姐，這邊要點餐。」

見那對坐在窗邊位子的情侶發話，莉芙揚起笑容往他們走去，一個年輕男人碰巧在此時推門而入。

李聿融一進門便看見莉芙，舉起一隻手向她打招呼，莉芙注意到有名不認識的女生跟在李聿融身後走進店裡。

「小姐？」那對情侶中的男生出聲。

「抱歉，請問需要點些什麼？」莉芙趕緊掛起營業用的微笑，眼睛卻偷偷瞄向李聿融。

他和那名短髮女孩走向角落的位子，紳士地爲女孩拉開座椅，並熱切地向女孩介紹店裡的餐點。

「小姐，妳有聽到我說的嗎？」面對莉芙的一再分神，那對情侶中的男生開始有些不高興。

「您要的是兩份下午茶套餐，一份提拉米蘇和一塊起司蛋糕，一杯熱紅茶和一杯冰的鮮奶茶，沒錯吧？」莉芙不慌不忙地說，即便分神，她也能一心二用。

那對情侶面面相覷，沒再說話。莉芙向兩人微微欠身後離開，轉身前還多看了李聿融和短髮女孩幾眼。

李聿融和短髮女孩有說有笑，看起來並不生疏。莉芙覺得很奇怪，除了自己和薛姍姍、荏苒外，她沒見過李聿融和其他異性來往。

仔細想想，或許李聿融一直有和其他異性來往，只是自己沒看過罷了，畢竟她和李聿融在生活上的交集不多，她其實並不了解李聿融的交友狀況。

可是爲什麼她會覺得心裡不太舒服？胸口緊緊的，像是有些喘不過氣來。

難道是生病了嗎？

莉芙邊擦桌子邊陷入沉思，怎麼都想不明白，

「三桌要結帳，莉芙，麻煩妳一下。」同事端起剛烤好的鬆餅準備送餐，注意到李聿融和短髮女孩起身來到櫃臺前結帳，於是請莉芙過來幫忙。

「莉芙，妳今天很忙啊。」李聿融笑著說，站在他身旁的短髮女孩也朝莉芙點點頭。

「嗯，今天確實有點忙。你們的消費金額是五百六十元。」莉芙禮貌答覆，熟練地操作收銀機。

「啊，我請客就好。」李聿融側頭向短髮女孩說，並將一張千元鈔票遞過去給莉芙。

「這怎麼好意思？」短髮女孩連忙說。

「沒關係，應該的。」李聿融對短髮女孩露出笑容，隨後又說：「莉芙，妳今天幾點下班？」

「該下班就下班。」莉芙將發票與找零遞給他，「謝謝您的光臨。」

「喔。」李聿融挑了挑眉，雖然莉芙臉上掛著笑容，但他看得出她好像不太高興。

待李聿融和短髮女孩離開，莉芙走過去清理桌面，他們點的是上個星期莉芙才和李聿融說過的雙人套餐，沒想到他這麼快就帶別的女生來吃了啊……

莉芙微微皺眉，奇怪，怎麼感覺心裡更不舒服了？

難道她真的生病了嗎？

她知道落後的西元仍存在有許多疾病，對永平人來說，那些都是相當古老的病毒，要是自己在這邊生病，會不會病情將變得更加嚴重？西元的醫療水平有辦法治療自己嗎？

莉芙就這樣一邊胡思亂想，一邊完成了晚上的工作，在收拾好一切後，悶悶地打卡下班。

「莉芙。」

莉芙才走出蛋糕店，就看見李聿融斜靠在機車上，對她露出微笑。

「你怎麼在這裡？」莉芙很驚訝，那名和他一起過來吃蛋糕的短髮女孩呢？

「我在等妳下班，走吧。」他將一頂安全帽丟給莉芙，莉芙抱著安全帽呆站在原地，搞不清楚現在是什麼情況。

李聿融發動機車後，見莉芙沒有動作，便催促她：「快上來啊。」

「要去哪？」

「送妳回家。」李聿融拿起莉芙手上的安全帽幫她戴上。

「剛才那個女生呢？」

「她已經走了啊。」李聿融要她快點上車。

「你們不是在約會嗎？」

「約會？不是啦！」李聿融失笑，接著一臉恍然大悟，「所以妳在不高興？」

「我哪有不高興。」莉芙皺眉。

「啊啊，原來啊……」他連連點頭，眉宇間染上笑意，「妳先上來，我在路上跟妳說。」

莉芙猶豫片刻才戰戰兢兢地坐上機車。來到西元後，她時常會想，機車這種交通工具看起來就很不安全，怎麼那麼多人敢坐在上面，然後在大馬路上奔馳啊？

可是此刻的她，卻坐上了機車。

李聿融的車速不快，但莉芙還是嚇得抓緊他腰間的衣服。

「之前跟蹤妳的那個黑衣男，應該不會那麼簡單就放棄，我想要先發制人，一勞永逸。我推測他有很大的機率不是初犯，便花了點時間在網路上尋找其他受害者……」李聿融的話聲伴隨著風聲，清晰地傳進莉芙耳中。

「難道剛剛那個女生也是受害者？」

李聿融點點頭，雖然看不見李聿融臉上的表情，但莉芙能感覺到他的得意。

「你是怎麼找到她的？」

「我去他的IG查看他追蹤的對象，交叉比對出幾個可能的人選，再私訊聯繫對方。」儘管三言兩語就說完了，但其實這花了李聿融非常多的時間，再加上他相貌出眾，時常被誤認爲盜用別人的照片進行詐騙，頗費了一番唇舌才讓那些女孩相信他的來意。

「那個女生就是在妳之前的上一個受害者，她不僅提出告訴，還打贏了官司，我才會約她見面詳談。」李聿融騎車轉進巷子，來到莉芙的住處樓下停好車後熄火。

莉芙跳下車，拿下安全帽，「你爲什麼要這麼做？」

「因爲這種人多半性格偏執，至少在找到下一個目標前，他很可能不會輕易放棄。而且我觀察過，他現在沒有瘋狂追蹤其他網紅，有很大的機率會繼續纏著妳不放……」

「我是說，你爲什麼要這麼做？爲了我這個不相干的外人做這些事？」莉芙覺得很不可思議。黑衣男是爲她帶來未曾有過的強烈恐懼沒錯，但她並沒有向誰求助，也不認爲自己需要求助。

好吧，她承認在再次面對黑衣男的威脅時，她可能還是會需要別人伸出援手，可目前一切看起來都還好好的……或者應該說，目前她並未陷入急迫的危險，爲什麼李聿融要不畏麻煩地爲她做這些？

「因爲妳是荏苒的青梅竹馬，」李聿融正色道，「不是什麼不相干的外人。」

原來是沾了荏苒的光……莉芙明白了，李聿融到現在仍喜歡著荏苒。

「她懷孕了，我不想讓她太擔心妳，我唯一能做的就是保護妳的人身安全。」李聿融認眞說道。

「但是我現在沒事。」

「如果不能徹底掐滅黑衣男再度騷擾妳的可能，我沒辦法完全放心。」

「你因爲喜歡荏苒而照顧我，也不會得到任何回報。」荏苒不會因爲這樣就和你在一起，眞是傻，莉芙心想。

「我不需要回報，況且我也不全然是爲了荏苒才這麼做。」李聿融幾不可察地輕嘆口氣，「站在朋友的立場，我當然也希望妳能安全。」

聽到他這麼說，莉芙胸口那股莫名的鬱悶忽然消散，她呶呶嘴，「是嗎？」

「當然，難道妳沒把我當朋友嗎？我們還一起看過電影了耶。」李聿融故作可憐狀。

不知道爲什麼，莉芙給李聿融的感覺很特別。

莉芙不像很多女孩那樣別有目的地接近他，也不像很多女孩那樣太過在意他的感受。

和莉芙待在一塊，他覺得很自在。

「朋友……」莉芙在永平也有不少異性朋友，可是李聿融不一樣。

「難道我們不是朋友嗎？妳討厭跟我在一起？覺得我多事？」

「我覺得你多事。」莉芙坦承不諱，「但我並不討厭跟你在一起。」

說出最後那句話的時候，莉芙嘴邊漾起淺淺的微笑，配上她精緻的外貌，讓李聿融略微看傻了眼。

但他很快咳了一聲作爲掩飾，「我啊，沒有什麼異性朋友。」然後當他抬眼再次對上莉芙的眼睛時，已經沒了適才那短暫的失措，「我很想把妳當好朋友，所以請別再說妳是不相干的外人了。」

看著李聿融朝她伸出的手，莉芙心想，這個舉動還眞是老派啊。

但莉芙還是伸出了手，握上李聿融溫暖的大掌，「嗯。」

後來透過其他受害女孩的協助，李聿融將蒐集到的證據提交警方，儘管那名跟蹤狂依然未被判處太嚴重的刑罰，卻已被強制送入精神病院治療。

畢竟受害者人數眾多，那名跟蹤狂確實已然成爲社會治安上的隱憂，若是輕易放過，必定會有下一位受害者出現，不容忽視。

傅采茜也從中稍微出了點力，讓這起案件成爲話題重點新聞，一旦媒體緊追不放，警方後續的處理也會比較愼重。

眼看那名跟蹤狂短期間不可能再對莉芙造成威脅，大家總算能暫時放下心來。

★

莛苒的預產期在明年一月初，距今還有半個多月，所有人都開始嚴陣以待，倒是莛苒一派輕鬆。

「妳如果覺得不舒服，一定要馬上打電話給我，知道嗎？」張析宇每天出門上班前都會這麼叮囑莛苒，中午休息時間也會撥電話過去，一下班更急匆匆地跑回家，就怕莛苒一個人在家待產會出事，也擔心自己會錯過迎接女兒誕生的機會。

「你不要那麼緊張好嗎？我每天都會過來看她。」莉芙原本打算辭掉工作照顧莛苒，但是莛苒阻止了她，於是她改爲少排一些班，只要一有空便過來莛苒的住處陪伴她。

「我現在很清閒，就算莉芙不在，我也會過來。但通常我和莉芙都會在，所以請別擔心，我們會好好照顧荏苒的。」穿著藍色連身洋裝的傅采茜坐在沙發上吃餅乾，她目前處於休息狀態，工作都停得差不多了。

「真的很謝謝妳們。」張析宇雙手合十，「要是有什麼想要我做的事，一定要告訴我，我會幫妳們達成的。」

「什麼都可以？」傅采茜微微挑眉。

「當然，尤其妳幫了我們這麼多，我們一輩子都報答不完。」張析宇如此說，傅采茜卻露出複雜的表情。

莉芙看了傅采茜一眼，又對張析宇說：「等孩子生下來，我就會帶著她的DNA和荏苒手上的手環返回永平，我沒什麼想要你做的。」

「那是不是等我生下孩子後，就永遠見不到妳了呢？」荏苒皺眉，身爲孕婦的她最近非常易感，一點小事都能惹哭她。

「那是當然。」莉芙覺得荏苒問了可笑的問題，可是看見荏苒泫然欲泣，只得無奈補上一句：「妳不是本來就知道？」

「但是……」荏苒吸吸鼻涕。

「好了，別哭了。」莉芙抽起一旁的衛生紙，幫荏苒擦去眼淚，接著看了眼牆上的時鐘，「時間差不多了，我要先回去了。」

「這麼晚了，我幫妳叫車吧？」張析宇拿起手機。

莉芙拒絕，「不用了，反正跟蹤狂的事已經解決了。」

「也是……不過妳一個女生回家還是要小心，到家打電話給我。」荏苒挺著大肚子想從沙發上起身。

「妳還是坐著吧。」傅采茜阻止荏苒。

「那我走了，拜拜。」莉芙拿起外套和圍巾，打開大門走出去。

莉芙一離開，荏苒立刻問：「莉芙最近是不是變得比較不一樣？」

「嗯，是變得比較有人味一點了。」張析宇注意到廚房桌上的手機，「欸，莉芙忘記拿手機了。」

「怎麼辦？快打電話通知她！」荏苒驚慌地問。

「傻瓜，她的手機就在這裡，打過去她也不能接啊。」傅采茜噗哧一笑，看來孕婦會變笨是真的。

「她應該還沒有走遠，我拿下去給她。」張析宇連忙抓起莉芙的手機追出去。

張析宇才剛轉過前方巷口就見到莉芙的背影，他正要出聲叫她，卻意外瞥見她正與李聿融進行交談，他下意識腳步一頓。

「你不上樓跟他們打招呼？」莉芙接過李聿融手上的安全帽。

「太晚了，我去不太合適。」李聿融替莉芙稍微拉緊脖子上的圍巾，「妳說漂亮的耶誕燈飾是在哪？」

「信義區那邊。」莉芙伸手搭在李聿融的肩膀上，坐上機車後座。

「坐穩嘍。」李聿融說完便催動油門揚長而去，留下一臉震驚的張析宇。

他回到住處，荏苒看見他手上還拿著莉芙的手機，便問他是不是沒趕上還給莉芙。

「我剛剛目睹了很不得了的畫面。」張析宇仍然處於震驚之中，把事情經過告訴荏苒和傅采茜。

「這……李聿融和莉芙是在交往嗎？」荏苒也很驚訝，「之前李聿融那麼盡心盡力幫莉芙解決跟蹤狂的事，我就覺得他們之間應該有些什麼！」

「但是聿融和莉芙……我實在很難想像，這樣可以嗎？莉芙是永平人耶！」張析宇在客廳裡來回踱步。

荏苒似乎沒考慮太多現實層面，只感慨地抓起傅采茜的手，「莉芙來到這裡以後，也跟妳我一樣，被西元的氛圍感染，開始懂得愛人了。」

「我不覺得是那樣。」傅采茜皺眉。

「雖然他們兩個的互動看起來氣氛不錯，但不能肯定他們是不是真的在交往，畢竟聿融什麼都沒跟我說，他和我是那麼好的朋友，如果他眞的交了女朋友，他應該會告訴我才對。」張析宇抓抓頭，「況且……莉芙不也說了，等孩子出生後，她就會回去永平，那聿融怎麼辦？」

「愛情是沒辦法阻擋的，我就是這樣，采茜妳不也和西元人戀愛了嗎？」荏苒不以爲然。

「我知道自己完成任務後，便能選擇留在西元生活。」傅采茜搖頭，「荏苒，莉芙跟我們不一樣，我們是中央政府刻意培育出來的，在外貌和情感上都比較貼近西元人，但莉芙不是，她絕對不可能在這麼短的時間裡喜歡上一個人。」

「是這樣嗎？」荏苒看了眼張析宇，她來到西元沒多久就喜歡上張析宇了，只是一開始沒有察覺那樣的心情就是喜歡。「采茜，妳當初是來到這裡多久，才喜歡上妳男朋友的？」

傅采茜沒有回答這個問題，只嚴肅地說：「荏苒，別想著莉芙會跟我們一樣愛上西元人，然後決定留在西元，這是不可能的，無論如何，莉芙都一定會回去永平。所以，她不要愛上任何人，別人也不要愛上她，那才是最好的。」

「這……妳這麼說也沒錯……但我只是希望莉芙也能夠體會愛上一個人的美好。」荏苒囁嚅道。

就在這時候，莉芙的手機響了起來，是李聿融來電。

「啊……誰要接？」張析宇問。

「我接。」荏苒接起手機，並按下擴音。

「啊，我就知道手機掉在妳家。」莉芙的聲音響起。

張析宇對荏苒擠眉弄眼，示意她問莉芙這是怎麼一回事，荏苒看了傅采茜一眼，迂迴地問道：「那個，莉芙啊，我注意到妳是用李聿融的手機打過來的……這麼晚了，你們在一起喔？」

「對呀，他剛剛騎車過來接我。」莉芙完全沒有隱瞞，語氣毫不扭捏。

她坦然的態度讓張析宇皺起了眉頭，難道是他想多了？莉芙和李聿融之間其實沒有什麼？

「那聿融怎麼不上來坐坐，你們是去約會嗎？」張析宇不死心，試探地問。

「我們約好要去探路，看看哪邊的耶誕燈飾比較漂亮。不是說耶誕夜那天大家要一起吃飯然後交換禮物嗎？想說交換完禮物後，大家可以出去外面走走，感受一下街上的耶誕氣氛。」莉芙解釋。

「謝謝妳這麼貼心。」荏苒很感動，「那妳的手機怎麼辦？明天再過來拿嗎？」

「我等一下也要走了，看妳和李聿融在哪，我開車幫妳把手機送過去。」傅采茜拿起外套，迅速和莉芙約好碰面地點。

結束通話後，荏苒忽然冒出一句：「莉芙還會先去探路了。」

傅采茜看著雙眼發亮的荏苒，等著她說下去。

「即便她在愛情上還沒有覺醒，但她已經會爲了我們而去探路，這個行爲本身就是情感上的一大躍進，不是嗎？」

「……我不否認。永平的科學家再怎麼改造、優化基因，或許只是壓抑人類某些層面的情感，並非全然抹去，遇上合適的時機，那些情感又會漸漸復甦。」關於這方面的爭論，傅采茜第一次稍微表現出退讓的態度，「但是荏苒，妳一旦生下孩子，莉芙就會永遠離開，這妳也是知道的。所以我認爲，莉芙感情淡薄也是好事，她最好對任何事情都漠不關心。」

「嗯，我能明白妳的意思。」荏苒垂下眼睛，沮喪極了。

「好啦，別再討論這些了。今天謝謝妳了，我們耶誕夜當天見吧。」張析宇從荏苒身後握住她兩側的肩膀，向傅采茜道別。

傅采茜卻沒有立刻開門離去，反倒安靜看著他們好一陣子，直到荏苒開口問她怎麼了，她才勉強扯出一抹微笑，說自己忽然想起某件事，一時想出了神。

「采茜怪怪的。」關上門後，荏苒有些疑惑地說。

「好像有一點，她跟男朋友怎麼了嗎？」張析宇也有同感，不過他沒把這件事放在心上，畢竟此刻最重要的是身爲孕婦的荏苒，他一下子就把心思轉到要去替荏苒張羅睡前要喝的熱牛奶上了。

★

坐在駕駛座，傅采茜腳踩油門，想著自己方才的行徑。

「我是傻了嗎……居然想約他們兩個單獨出去……」她喃喃自語，胸中情緒複雜難辨，說不上是悲傷，但絕對飽含低落。

在下一個路口轉彎，傅采茜看見莉芙獨自靠在馬路邊的欄杆等她，她把車停在莉芙身旁，降下車窗左右張望，「李聿融不在？」

「我讓他先離開了。」莉芙打開車門坐進前座，目光始終注視著前方，「送我回去吧。」

傅采茜看了她一眼，微微嘆了口氣，關上車窗，踩下油門前進。

兩人誰也沒有出聲，只有廣播節目主持人的聲音迴盪在車內。

傅采茜有些話想問莉芙，她知道如果她不提，莉芙絕對不會主動告訴她，而現在似乎是最合適的談話時機。

「我知道妳沒有和李聿融戀愛，妳不可能愛上他。」傅采茜打破沉默，「那爲什麼妳會和李聿融往來密切？」

傅采茜一直想不明白這點。

「我也不知道。」莉芙回答得很坦率，「具體來說，愛是一種什麼樣的情感，身爲永平人的我無法理解，沒人教過我。」

「對妳來說，妳和荏苒之間的情誼也不是一種愛嗎？」

「我說了，我無法理解什麼是愛。我會幫助荏苒沒錯，但不是無條件，也有一定限度，我不可能爲了幫助她而犧牲自己。」莉芙皺眉，「這樣是愛嗎？」

「所以妳是因爲文姐的要求，才會來到這裡？而不是因爲妳是荏苒的好朋友？」

傅采茜握著方向盤的手隱隱打顫。

「每一個永平人都要遵從文姐的吩咐。」莉芙答得毫不遲疑。

傅采茜忍著幾乎滿溢到喉間的悲愴，「我們都知道，妳……將會把荏苒的孩子帶回永平，妳怎麼有辦法一直瞞著荏苒，然後若無其事地看著她開心勾勒一家三口的美好未來？」

「爲了不影響母親的心情和胎兒的發育，我不能讓荏苒在懷孕過程中惴惴不安。」莉芙愣了下，「我這樣的想法，是不是也是一種愛？」

「這怎麼會是愛！」傅采茜激動喝斥。

「但知道眞相的妳，不也什麼都沒跟荏苒說嗎？」街邊的路燈一閃一現地掃過莉芙清冷的面容，「我的任務就是把孩子帶走，妳不也很清楚？況且在那之後，妳還會繼續留在西元，妳可以陪她，不是嗎？」

傅采茜沒有回應。

她知道自己的知情不報，確實是出於自私，無法以「不能輕易改變歷史」爲由來說服自己。如果莉芙有錯，那麼始終保持沉默、袖手旁觀的她也是共犯。

可是……

「那我能怎麼辦？」傅采茜再也無法抑制內心洶湧的情緒，落下了眼淚。這十幾年來，她好不容易讓自己接受了既定的命運，卻在見到荏苒、見到張析宇後，心中再次起了動搖。

「妳到目前爲止都做得很好啊。」莉芙轉頭看她，那雙美麗的眼睛盈滿誠摯的讚賞，「事情的發展都跟文姐說的一樣。」

「我……」傅采茜抬手抹去眼淚，車子在紅燈前停下。「我不知道，我的感覺很矛盾，妳帶走孩子以後，荏苒他們怎麼辦？還能擁有幸福嗎？」

「不是說了嗎？還有妳在，他們怎麼不能擁有幸福？」莉芙忽然換了個話題，「不過我很好奇一件事，妳和那個製作人是認眞的嗎？」

「是。」傅采茜沒有猶豫地點頭。

「那妳會和他生下後代？」

「……不能嗎？」傅采茜纖長的手指捏緊方向盤。

「當然不能，妳來自未來，怎麼能在西元留下子嗣？」莉芙聲音難得因爲激動而拔高。

「但文妲當年說過……只要我完成任務，我就能自由過活。」傅采茜說完，眼中倏地浮現驚懼，「難道文妲跟妳說了什麼？她改變心意了？她不讓我留在這裡隨心所欲地生活了？」

莉芙頓了一下，不答反問：「關於記錄在手環裡的語音訊息，妳聽到哪了？」

「妳又聽到哪了？」傅采茜也不答反問，瞬間她有種沒來由的想法——莉芙知道得比她還多。

「我聽到了最後。」

「我也聽到了最後。」

兩個人都說自己聽到了最後，也就是說她們聽完了全部的語音訊息，但所謂的

「全部」，或許可能只是文妲讓她們聽到的段落。

茌苒手上的那隻手環，記錄著她來到西元後發生的每一件事，那些錄音檔，鉅細靡遺到幾乎能重現茌苒在這裡度過的每一天。

在文妲交給傅采茜和莉芙的知識晶片中，也包含了那些錄音內容，所以說，她們很清楚茌苒來到西元後會遇到哪些人、發生哪些事，兩人的主要任務，便是確保茌苒在錄音檔裡提到的那些事都會再一次發生，這樣才能保證歷史不會改變。

然而茌苒的錄音檔卻停在了某一天，文妲說那就是茌苒的「最後一天」，那天之後，莉芙就將手環帶回了永平。

那「最後一天」之後發生了什麼事？

另外，自己和對方所聽見的「最後一天」是同一天嗎？

兩人不約而同想著，要不要跟對方比對兩人所認知的「最後一天」是否是同一天，卻又猶豫，要是不同，那她們這個舉動會不會不小心改變了歷史？

「從古至今，許多人都認爲時光機的發明違背自然法則，一旦改動歷史，將爲此付出慘痛的代價。」莉芙說，「但也有另一派說法認爲，無論我們怎麼做，歷史都不會改變。」

「所以我們要比對我們所知道的事嗎？」傅采茜問。

「不，我不想。我相信文姐給我們的錄音檔是一樣的。」莉芙搖頭。

況且無論如何，文姐另有交付莉芙另一項任務，她只需要完成那項任務即可，她所聽見的「最後一天」與傅采茜聽見的是否相同，其實無所謂。

「無條件地相信文姐，這眞是所有永平人的通病呢。」傅采茜略帶嘲諷地說。

把車開到莉芙家樓下，等莉芙下車後，傅采茜降下車窗，「我只問一件事，妳知道荏苒的孩子在哪一天出生嗎？」

莉芙猶豫了一下，搖搖頭，「妳呢？」

「我也不知道。」傅采茜說。

「看來，文姐讓我們聽見的『最後一天』，應該是同一天。」

「或許吧。」傅采茜扯動嘴角，關上車窗，踩下油門離去。

莉芙慢悠悠地上樓回到家中，傳了訊息給李聿融，告訴他自己已經拿回手機。

接著，她開始瀏覽這些日子和李聿融往來的訊息，又點開與薛姍姍的對話視窗，看著薛姍姍傳來的最後一則訊息，莉芙已讀了很久，卻遲遲沒有回覆。

「莉芙，妳是不是喜歡李聿融？」

她沒有回覆，是因爲她不知道該怎麼回覆。

來到西元後，她的內心逐漸湧現許多陌生的情感，她不知道要怎麼判別那些情感，也不知道那些情感該用什麼詞語來定義。

但今天，她決定回覆薛姍姍的訊息。

「喜歡，但不是想和他長相廝守的喜歡。」

莉芙傳過去的訊息，很快就顯示爲已讀。

「爲什麼？」薛姍姍又問。

因爲我會回去未來。

莉芙快速打出這句話，卻沒有按下發送。

那是她下意識做出的回覆，所以……居然是這個理由嗎？

如果今天她不需要回去永平，她對李聿融就能是「想和他長相廝守的喜歡」嗎？

怎麼可能呢？

永平人不是情感淡薄嗎？不是不懂得愛嗎？她怎麼可能喜歡上李聿融？

莉芙坐在窗邊，仰頭凝望天上稀稀疏疏的星光，覺得自己是這世界唯一的異類，

並第一次明白了什麼叫做「寂寞」。

★

今年的耶誕夜適逢星期五，大夥們約定下班後在荏苒家吃飯慶祝，再一起去逛逛耶誕燈飾。

李聿融和莉芙特別向莉芙工作的蛋糕店訂製一款十吋的蛋糕，上面還有張析宇和荏苒抱著嬰兒的翻糖裝飾，內餡則選用芋頭布丁口味，這是荏苒最愛的口味。

傅采茜帶來一大袋嬰兒服裝和玩具，薛姍姍則說她放棄眾多友人的邀約前來參加這場聚會，已經是最大的禮物。

「妳怎麼不把男友一起帶來呢？」經過幾次聚會後，薛姍姍在傅采茜面前已漸漸能侃侃而談。

「是呀，今天可是耶誕夜呢。」荏苒穿著一身白洋裝，挺著圓滾滾的肚子坐在沙發上，她孕期胖了五公斤，但其實只是肚子變大而已，她的四肢還是很纖細。

「等以後有機會吧。」配合節慶穿著紅色連身洋裝的傅采茜淡淡地說，若有似無地看了莉芙一眼。

「既然吃完烤雞了，那就接著來吃我們店裡特製的蛋糕吧，吃完好出門去看耶誕燈飾。」莉芙今天似乎有點緊張，不斷瞥向牆上的時鐘。

「這個翻糖人偶做得也太可愛，我迫不急待見到女兒了。」張析宇愛憐地摸了摸荏苒的肚子，這個動作引得傅采茜微微一笑。

「等一下。」莉芙忽然制止正舉刀要切蛋糕的薛姍姍。

「又怎麼了？嚷嚷著要快點吃蛋糕的不是妳嗎？」薛姍姍嘟嘴。

「我們先來拍張照片吧？」莉芙拿起手機提議。

「這主意不錯。」薛姍姍立刻就想坐到荏苒身邊。

「姍姍妳先別動，大家輪流單獨和荏苒合照，傅采茜，妳坐過去。」莉芙卻說。

「為、為什麼？」傅采茜難得露出驚慌的神情。

「快點。」莉芙開啟手機的相機功能，連聲催促傅采茜。

「對呀，快點來拍照！」荏苒拍拍自己身旁的空位，要傅采茜過來。

傅采茜猶豫片刻，緩緩走到荏苒身邊。明明大上荏苒十歲，但此刻的她，看起來卻像個彆扭的孩子一樣。

「張析宇，你也一起吧。」莉芙說。

「啊？我？」張析宇疑惑地指著自己。

「是呀，每個人都要拍一張。」莉芙說，「畢竟下次大家再聚在一起時，荏苒應該就不會再頂著大肚子了。」

「那好吧，這樣的照片確實別具意義。」張析宇笑著坐過去，和荏苒一起把傅采茜夾在中間，荏苒手搭在傅采茜的肩膀上，而張析宇則做出勝利手勢。

透過手機螢幕，莉芙能清楚看見傅采茜眼圈已然泛紅，正竭力抑制即將潰堤的淚水。

莉芙也想問自己爲什麼要這麼做？

或許是出於憐憫之心。

自己居然也有所謂的憐憫之心，這讓莉芙覺得不可思議。

可能是因爲來荏苒家前發生的那件事吧。

坐李聿融的車去拿蛋糕的路上，兩人注意到前方躺著一具野貓的屍體，莉芙並不打算理會，李聿融卻把車停在路邊，開門下車。

「你做什麼？」

「天氣很冷，牠獨自躺在這邊太可憐了。」李聿融打開後座車門，從後座拿起圍巾和紙袋，走過去小心翼翼地將野貓屍體用圍巾裹好，再裝進紙袋。

「爲什麼要這麼做？」莉芙跟著下車，卻沒有動手幫忙的意思，只是站在一旁冷眼旁觀。

「不能讓牠在馬路上被來車輾過來又輾過去吧。」李聿融打開手機搜尋附近的動物醫院，「我們將牠送去動物醫院吧，動物醫院多半有和殯葬業者配合，只要支付一筆費用，就能請業者代爲安排火化。」

「爲什麼要這麼多事？」莉芙不能理解。

「就是覺得要是哪天自己也這樣橫屍街頭，總不希望沒人對我伸出援手，放任我的屍身被眾多車輛輾壓而過吧？」李聿融輕描淡寫地答道。

就跟所有的永平人一樣，莉芙向來認爲大家都該自行做好分內的事，不該麻煩他人，卻從沒設想過一個狀況——如果哪一天，當自己沒有能力做好分內的事時，勢必就得仰賴他人伸出援手。

永平人依年齡分居，因此年紀尚輕的莉芙，先前才會無法理解人類的身體會隨著年齡而逐漸老化，很多以前能輕易做到的事，對老年人來說卻變得力不從心。

這不是莉芙第一次在西元的馬路上看見貓狗的屍體，但她總認爲無需介入，生命的隕落是自然循環。然而當目睹李聿融如此善意對待野貓屍體時，她頓時有了另一層體悟，也又理解了一種人類特有的情感。

那就是憐憫與同理心。

「莉芙，」李聿融目光定定看著前方路口，「我們要不要試著交往看看？」

當時莉芙沒有回話，她內心百感交集，卻無法釐清那是什麼樣的情緒。

而同樣出於憐憫，莉芙此刻才會主動提出要幫傅采茜和荏苒、張析宇拍下一張合照。

吃完美味的蛋糕後，眾人商議先讓荏苒休息片刻，莉芙和薛姍姍負責清洗餐盤，傅采茜去房間幫荏苒把剛晾乾的衣服摺好，然後等去外面採買補品的李聿融和張析宇回來，大家再一起前去欣賞耶誕燈飾。

「莉芙，如果妳想和李聿融交往，卻因爲我喜歡李聿融而猶豫的話，我先跟妳說，不需要在意我。」薛姍姍壓低聲音，似乎擔心被荏苒和傅采茜聽見。

莉芙一愣，她並沒有想那麼多，更沒想過要在乎薛姍姍的感受。

薛姍姍這番話語，讓莉芙驚訝起她的貼心與溫柔。

「李聿融還沒說要和妳交往嗎？」薛姍姍好奇。

「他剛剛在車上問過我，要不要試著交往看看。」在薛姍姍發出驚呼聲前，莉芙又補上一句：「我沒有答應。」

「爲什麼？妳不喜歡他嗎？」

莉芙搖頭，露出一抹勉強的微笑，「我不適合。」

「什麼意思？什麼叫不適合……」薛姍姍的手機忽然響起，來電者是李聿融，

「咦？他為什麼打給我？怎麼不是打給妳？」

莉芙低頭一看，發現自己的手機設成靜音，於是薛姍姍接起電話。

李聿融說：「我和張析宇回到樓下了，我們懶得再上去一趟，就把東西先放到後車廂，所以妳們直接下來吧，等看完燈飾我們再把東西拿上去。」

「我們可以下去了。」薛姍姍掛掉電話，對著從臥室走出來的傅采茜說。

「荏苒在上廁所，可能還需要一點時間，不然妳們先下去，我在這邊等她。」傅采茜點點頭。

莉芙和薛姍姍來到電梯前，莉芙卻說自己又忘了拿手機，要薛姍姍先下樓。

「好吧，那妳們快一點喔。」薛姍姍走進電梯。

但其實莉芙的手機好端端地放在口袋裡，剛剛她也是故意把手機轉成靜音的。

因為今天，是莉芙聽見的「最後一天」。

她知道在廁所的荏苒，會對著手環錄音，說等等大家要一起去欣賞耶誕燈飾。

就只是這樣，錄音檔的最後就只是「我們等等要一起去看耶誕燈飾，好期待」這樣無關緊要的一句話。

所以莉芙很好奇，在那之後呢？

她剛才刻意沒關緊鐵門，為的就是回到屋裡時不驚擾她們。

此時荏苒和傅采茜正在客廳穿上外套準備出門，傅采茜卻突然摀住嘴，作勢欲嘔。

「妳怎麼了？」荏苒輕拍她的背。

「沒什……」沒能把話說完，傅采茜立刻衝往廚房，對著洗手臺乾嘔了幾聲。

「采茜，妳該不會……」先前曾爲孕吐所苦的荏苒忍不住驚呼。

「我只是吃壞肚子。」傅采茜極力否認。

「難怪我覺得妳好像胖了……妳男朋友知道嗎？」荏苒握住傅采茜的手，開心地說：「恭喜妳，我好高興，我們的孩子可以一起玩耍、一起長大。」

「我沒……」大門忽然被人用力推開，打斷了傅采茜的話。

站在門口的莉芙滿臉震驚，看著傅采茜一字一句問：「妳懷孕了？」

「莉芙，有兩件事妳務必要放在心上，那是妳最重要的任務。首先，荏苒一定要生下孩子，然後傅采茜絕對不能留有子嗣。無論妳用什麼手段，都一定要完成這兩個任務。在荏苒生下小孩的那一天，時光機會去接妳們。」

「我沒有！」傅采茜矢口否認。

莉芙一眼就看出傅采茜的肚子已微微凸起。她怎麼都沒注意到？過往始終偏好合身服飾的傅采茜，最近卻一改常態，轉而以各式寬鬆洋裝在人前現身。

荏苒絲毫不覺氣氛的緊繃，興高采烈地伸手摸了摸傅采茜的肚子，「從妳肚子的大小來看，應該超過三個月了吧。天呀，胎兒是男是女？」

「我沒有懷孕……噁！」傅采茜話都沒說完，一陣噁心的感覺再次湧上喉頭。

「妳過了頭三個月還害喜這麼嚴重，有沒有問問醫生是怎麼回事？」荏苒擔心地拍拍傅采茜的背。

「醫生說孕吐時間長短因人而異……」話說到一半，傅采茜便察覺不對，連忙打住，驚恐地看向莉芙。

「去打掉！快去打掉！」莉芙臉色大變，怒氣沖沖地衝向傅采茜，似是想揪著她立刻前往醫院。

「等一下，妳做什麼啦？莉芙！她懷孕了，妳不要這樣！」見莉芙狀若顛狂，荏苒嚇得上前阻攔。

「她不能生下孩子！」莉芙尖叫，企圖繞過身前的荏苒，將傅采茜抓過來，「所以我們在車上談話那時，妳就已經懷孕了，妳卻沒告訴我？妳明明知道妳不能生下小孩！」

「為什麼不能？文姮答應過我能留在西元自由生活，為什麼我不能和喜歡的人生下孩子？」傅采茜也哭著尖叫，死命護著自己的肚子。

「妳當然不能！妳怎麼能！」莉芙腦中迴盪的都是文姮的交代，文姮要她一定要完成那兩個任務，不擇手段……

莉芙明白倘若此刻讓傅采茜離開，傅采茜一定會躲到她找不到的地方，直到孩子出生……不，或許她就此不會再出現！

不行！必須阻止她！

但是要怎麼阻止……

「莉芙，拜託妳不要……啊！」在一陣推擠碰撞中，荏苒的肚子猛然撞上桌角，那一撞讓她吃痛地跪坐在地上無法起身。

「荏苒！天啊，荏苒！」其他兩人趕緊奔至荏苒身邊。

「好、好痛……」荏苒感覺到腹部傳來強烈的陣痛，有液體從她的兩腿之間流出，她嚇得掉下眼淚，「我、我是不是流血了……」

荏苒的白色洋裝被大量的半透明液體浸濕，她的預產期本來就快到了，或許是方才猛力的撞擊所致，讓她提前破水。

「天啊……我們必須把荏苒送去醫院，她快生了。」傅采茜焦急地起身，想要打電話通知人在樓下的張析宇。

在這慌亂的一刻，莉芙卻蹲在原地，一動也不動。

「原來這就是最後一天嗎？原來最後一天是這樣的……」莉芙喃喃自語，明白今天果然就是「最後一天」了。

「什麼？」傅采茜一愣，她聽見的錄音檔也只到今天爲止。

「荏苒今天會生下孩子，而我們的任務就都結束了。」莉芙緊咬下唇，先看著蜷曲在地上痛苦不已的荏苒，再看向站在一旁小腹微凸的傅采茜。

只要讓傅采茜的肚子也撞到桌角或櫃子什麼的，或者最好讓她重重跌上一跤，讓她小產，那就行了。

不，不對，即便這次傅采茜小產了，但之後呢？傅采茜不是那種會輕易死心的性格。

等自己帶走荏苒的孩子回到永平，留在西元的傅采茜必然還會再嘗試生下孩子，到時候誰能來阻止她？一陣強烈的不寒而慄湧上莉芙的心頭，她在這一瞬間領悟了文姐沒有說出口的眞正指令。

如何讓傅采茜絕對不會留下子嗣？

根本解決的方法只有一個——

傅采茜不能存活於世。

「傅采茜，我不能違背文姐交付的任務，那是我來到這裡的目的。」莉芙顫巍巍地一步一步朝傅采茜走去，「為了完成文姐交付的任務，我想妳肯定也做出過一些不該做的事情吧。」

傅采茜認得這種眼神，也很快領悟莉芙的言下之意，頓時她如臨大敵，連忙轉身要跑，莉芙卻飛快縱身一跳，將傅采茜撲倒在地上，並將劇烈掙扎的她強行壓制在身下。

這是她唯一的機會，荏苒無力阻止，也沒有其他人在場。

「莉芙……不要……不要……」傅采茜眼中充滿驚慌與求懇，拚命搖頭，她想要向荏苒求助，卻發現荏苒的情況不對勁，「等、等一下，荏苒她……」

傅采茜的驚呼讓莉芙跟著轉過頭望去，只見荏苒的下半身不知何時竟已被湧出的鮮血浸濕。

莉芙立刻鬆開箝制傅采茜的手，三兩步回到荏苒身邊，傅采茜也趕忙過來，荏苒臉色發白，兩腿之間仍不斷大量出血，她們互看一眼，明白情況非常危急。

「必須快點叫救護車！」傅采茜拿起手機，卻被莉芙阻止。

「我們共同的目標……是確保荏苒平安生下孩子，對吧？」莉芙嗓音帶著顫抖，「依這樣的出血量，我怕等不到救護車過來……還是先想辦法讓孩子出生吧。」

「可是荏苒她……」

「傅采茜！妳要讓這孩子無法出生嗎？妳能嗎？」莉芙大吼。

「我……這……」傅采茜愣住了，眼淚掉了下來，「這些文姐都知道嗎？」

「我不知道……但是，我必須完成任務。」莉芙認眞無比，說完便拱起荏苒的雙腿，並將她的裙子往上拉，「荏苒！清醒一點，妳一定要生下這個孩子！」

傅采茜沒猶豫多久，也跟著拍打荏苒的臉頰：「荏苒！清醒一點，孩子沒事的，不會有事的，我還在啊……」

傅采茜的淚水滴在荏苒蒼白的面頰上，荏苒半張開眼，虛弱得無法說話，她只覺得好冷，無法抑制牙關的顫抖。

「啊！我看到孩子的頭了！」莉芙驚呼。

「加油，荏苒，妳做得很好！」傅采茜鼓勵荏苒，淚水不斷滑落。

荏苒額上全是冷汗，她瞇起眼睛，緊握著傅采茜的手，用盡全身的力氣將胎兒從腿間向外擠出。

「很好，她出來了！」莉芙取下脖子上的圍巾，爲嬰兒擦去身上的黏液，再脫下外套包住嬰兒。

「哇——」

等到聽見嬰兒發出響亮的哭聲，傅采茜鬆了一口氣。

「孩子平安出生了，荏苒……」莉芙開心地將孩子抱到荏苒眼前。

「這就是我女兒……」荏苒露出笑容，瞧了孩子一眼後，卻忽然渾身劇烈抖動，嚴重痙攣，雙眼上吊，這讓傅采茜和莉芙都嚇呆了。

「快、快點叫救護車！」傅采茜連忙撥打急救專線。

手上抱著嬰兒的莉芙，看向面無血色、雙眼緊閉的荏苒，以及地上那一大片越來越多的鮮血，明白事態已無法挽回。

在如此慌亂的情況下，莉芙心中反倒一片澄淨，她抱著嬰兒的手臂緊了緊，目光落在正焦急與醫護人員通話的傅采茜身上。

她還有任務得要完成。

「傅采茜，對不起。」莉芙無聲地蠕動唇瓣，接著拿起桌上的水果刀，猛地朝傅采茜的背後刺入。

「嗚——」傅采茜發出一聲慘叫，手機掉在地上。

「妳知道的，我必須完成任務。」莉芙將刀抽出，傅采茜背上噴濺出的血液灑在牆上，開出一朵血色的花。

傅釆茜勉力轉過身，看向莉芙的眼睛裡盈滿亟欲逃離的驚恐。

「我們爲了任務，一定都付出過什麼。」莉芙面無表情，頰上沾染著幾滴血漬，形容宛若修羅，抱著嬰兒緩步朝傅釆茜走去。

「莉芙，饒我一命，文姐答應過我……」

「文姐說妳不能在西元留下子嗣，以我對妳的瞭解，既然妳選擇待在西元，那麼妳終其一生都會想和所愛的人擁有自己的孩子。」莉芙將步伐踉蹌的傅釆茜逼至牆角，「所以，這是我唯一的選擇。」

「不，我不要，我好不容易……」傅釆茜要逃，卻被莉芙伸腿踹倒，她狠狠撞在地面，一陣強烈的暈眩襲來，腹中也傳來劇痛。

她勉強睜開眼，在莉芙的眼中瞥見再清楚不過的殺意，她知道自己逃不了了，但好歹……讓她依偎在荏苒身旁吧，讓她能夠在生命的最後……

傅釆茜匍匐爬至荏苒身邊，握住荏苒冰冷的手，從荏苒逐漸失去生氣的面頰上，看見了共同的死亡深淵。

不知道荏苒還能不能聽見她說話？

在最後，至少她想喊出那聲——

「媽媽……」傅采茜的眼淚奪眶而出，接受了她的命運。

她一動也不動，任憑那把刀從身後刺穿她的心臟，絕望地閉上雙眼。

第五章　還可以重新拾起曾經的希望

她一直想著，總有一天，自己會親口告訴荏苒所有的事。

那一天，大概會是莉芙將荏苒生下的孩子帶走那天。

荏苒一定會很難過，一定會心痛哭泣到難以自已，而張析宇也會再次經歷失去家人的痛苦。

可是，不要傷心，你們的女兒並沒有離去，她還在這裡。

★

事情要從好久好久以前說起，當時她還生活在永平的第二大陸，當時她的名字還是羅貝斯。

她總感覺自己跟周遭的人格格不入，不是因爲她那酷似西元亞洲人種的外表，而是相較於永平人，她對於諸多事情都有著豐富的感受。

例如，她總認爲食物過於單調，總認爲生活過於無趣，總感覺同儕之間太過淡漠，她總會在夜晚打開房門，環顧四下無人的宿舍長廊，她不明白爲什麼所有朋友在吃過晚餐後，都躲回各自的房內，整座校園裡鴉雀無聲。

好寂寞。

於是她漸漸對第三大陸寄有無限的想像與期待，透過學校課程得知，有別於以教育作爲主體的第二大陸，第三大陸上不管是商店、餐廳、娛樂設施都有更多、更新鮮有趣的變化，且會根據年齡層的不同，爲居民提供不一樣的住所和環境。

然而在搭乘輪船前往第三大陸的途中，一名有著綠色眼睛的服務人員來到她的艙房內通知她，麻旦家族要見她。

羅貝斯又驚又喜，爲什麼至高無上的麻旦家族要見她？

當她乘坐潛水艇來到第一大陸時，迎接她的是一位綠眼黑髮的年輕男人，他站姿筆直，面露微笑。

「我叫佛得，歡迎妳，請跟我來。」羅貝斯明明是第一次見到佛得，卻覺得似曾相似。

在佛得的帶領下，她走在通體白色的長廊上，這地方就像是夜晚的宿舍一樣安靜，每扇門都牢牢關起，即便有人迎面走來，也不會出聲招呼，僅在擦身而過之際向彼此微微頷首。

「文妲在樓上等妳。」佛得領著她來到一座電梯前面，示意她單獨進到電梯裡。

聞言，羅貝斯不由得心慌意亂了起來。

儘管知道麻旦家族要見她，但沒想到要見她的人竟會是文妲，麻旦家族的最高領導者。

她依照佛得的指示走進電梯，茫然地看著電梯門關閉，再茫然地看著電梯門開啟，她愣愣地步出電梯，來到一間寬闊的白色房間。

「歡迎妳，羅貝斯。」

一道彷彿來自悠遠山谷的清澈聲音響起。

羅貝斯側頭望去，只見一名有著一雙美麗綠色眼眸的銀髮女子，正目不轉睛地看著她，她一眼就認出那女子就是文妲。

文妲五官精緻，像是經由世界上最精密的機器精雕細琢而出，全身上下無一處不美。

「爲了人類的永續成長，妳願意付出什麼？」文妲嗓音柔和。

「只要是爲了人類，我願意付出我的一切。」羅貝斯毫不猶豫地答道，這是每個永平人一直以來的信念，這樣的想法深深鏤刻在每個永平人心中。

文妲似乎很滿意她的答覆，微微一笑。

「我有幾個任務要交給妳。」文妲不疾不徐地對她說，要她搭乘時光機回到西元二〇一〇年，她必須長期待在西元時期，直到完成任務。

羅貝斯越聽越覺得震驚，時光機問世一事原本只是傳聞，始終未得到中央政府的證實，如今文妲卻明言要她搭乘時光機回到過去，同時還給了她好幾個她完全無法理解的任務。

儘管如此，身爲永平人的她，不會質疑麻旦家族，更不會質疑文妲，既然文妲這般交代她，一定有非這麼做不可的原因，而她不需要知道其背後原因，她只要接受文妲的指示去做就好，這是所有永平人自出生以來就不斷被教導的觀念。

「羅貝斯，除此之外，妳還有一個最最重要的任務。」文妲上前一步，眼神認眞，語氣嚴肅。

「什麼任務？」羅貝斯難得緊張地吞嚥了下口水。

文妲輕聲開口：「妳要確保歷史能如期重演。」

「這是什麼意思？」羅貝斯不解。

文妲從口袋拿出一枚手環，「十年後，會有一個名叫荏苒的女孩去找妳，而妳在西元所做的一切努力，就是爲了讓她屆時能經濟無虞，並且爲她假造一個合適的身分，方便她在西元二〇二〇年生活，以及執行她手上的任務。」

「爲什麼？」羅貝斯一問出口馬上察覺不對，她沒料到自己居然會做出質疑文姮這種不禮貌的行徑。

「從歷史的軌跡來看，妳應該是知情的，況且妳也必須提前知情，才能確保一切都會發生，所以我現在要告訴妳歷史的眞相。」

文姮耐心地解釋，在西元毀滅、永平出現以前，有一段近千年的空白時光，當時地球上所剩的人類寥寥無幾，自然環境惡劣，眼看就要陷入絕望，幸而此時有一個來自「過去的西元」的人，以及一個來自「未來的永平」的人，帶著一名嬰兒搭乘時光機降臨，他們手上握有大量人類的DNA材料，他們的到來爲人類的未來帶來巨大的轉機。

同時他們帶來了一枚手環。

這枚手環除了能夠測試基因優劣外，裡頭還儲存大量的錄音檔案。這些檔案以日期編碼，時間從西元二〇二〇年開始。

檔案的口述者出自於一位名叫荏苒的少女，她將自己在西元生活的每一天發生了哪些事，全都詳細口述記錄下來。

「從錄音檔案中得知，荏苒也是永平人，十年後，我會指派任務給她，將她送往西元二〇二〇年，而她一到了西元便會去找妳，由妳照料她的食衣住行，最後她會和一個名叫張析宇的男人生下孩子，而那個孩子就是妳。」

「等、等一下，我難道不是生命機構配育出來的嗎？」羅貝斯忍不住皺眉，太多出人意表的訊息讓她一時接受不了。

「妳不是。」文姮平靜地說，「妳是荏苒生下的孩子，妳父親就是那個名叫張析宇的西元男人。」

「這……」羅貝斯腦子亂成一團，「我不相信，怎麼可能有這種事？」

「等妳聽過手環裡那些錄音檔案，妳就會明白了。」文姮輕揮右手，讓鑲嵌在牆面上的播音器與手環連接，播放時間軸最前面的第一個錄音檔。

「抵達西元二〇二〇年第一天，有意識時，我發現自己身處在一處吵鬧的密閉空間，遇見的第一個男人基因不夠優秀，同時也注意到西元二〇二〇年的用語和課堂上所學有些許差異。」

播音器傳出一個年輕女孩的嗓音，語氣能聽出幾分遲疑與警戒。

羅貝斯一愣，抬頭看向文姮，流暢的女聲鉅細靡遺地述說一整日發生的事，有時甚至連她與旁人的對話，她都能做到完整轉述。

「這樣的錄音紀錄持續了一年多，說話的就是荏苒。」文姮右手再次輕揮，中斷了錄音檔的播放，露出左手掌心中的一枚微小晶片，「我已經把手環裡所有的錄音檔都備份在晶片裡，等一下我會將晶片植入妳的大腦，妳隨時都能聽取這些錄音檔案。」

羅貝斯似懂非懂地點點頭。

文妲左手一揚，那枚晶片快速飛進羅貝斯的耳朵，植入她的大腦。

「透過荏苒的語音紀錄裡可以得知，妳去到西元之後，名叫傅朵茜，而身為傅朵茜的妳要一直等到她懷孕之後，才會頻繁與她互動，在這之前，妳不會和她有過多的接觸。我要妳確保這份錄音中所提到的事情，都會如期發生，才能確保永平的出現。」文妲有條不紊地下達指令。

羅貝斯飛快在腦中整理所得到的資訊，原來人類種族的復興，除了麻旦家族付出的努力，也與那三名搭乘時光機來到西元幾乎滅絕、永平尚未建立那段期間的人有關。而為了讓歷史重演，麻旦家族會在適當的時機，派遣羅貝斯和荏苒回到西元，完成一個莫比烏斯環的循環。

不過，還有一個地方不太對勁⋯⋯

「但那已經是很久以前的事了，如果我就是那名嬰兒，怎麼能活到現在？」羅貝斯提出疑問。

「⋯⋯將妳冷凍起來，之後再喚醒。」文妲微微一頓，輕描淡寫地說。

「那麼時光機是誰發明出來的？」

「這是一個謎團，對當時的人類來說，時光機是那個永平人帶過去的。可是對我們來說，時光機自那時就被留存至今，爲後世的永平人所用。總而言之，妳必須要確保所有錄音檔案裡提到的事都一定會發生，最後讓張析宇等人帶著嬰兒時期的妳前往永平建立前夕。」文姮嘴角浮現笑意，「然後，就會有了現在的永平。」

「如果我不這麼做的話……」羅貝斯囁嚅道。

「那妳就會消失。」文姮直截了當地說：「而永平也會消失。」

該怎麼做，答案十分明顯。

羅貝斯徬徨無措，她沒有把握自己能扛起如此重責大任。

「可是我要怎麼確保荏苒提到的每件事都會發生？」

「如果說歷史是無法改變的，那麼也許無論妳做什麼或是不做什麼，都將順應著歷史的軌道前進，所以當妳去到西元後，只要在確保歷史會如期發生的前提之下，去做妳認爲該做的事就可以了。」文姮纖細的手指緊緊握住羅貝斯的肩膀，像是在爲她打氣。

羅貝斯心想，其實自己別無選擇，若是不照文姮的吩咐去做，別說永平，她這個人就會先消失在這世界上。

「聽說西元是個迷人的時代，即便充滿罪惡，卻風氣自由且生氣勃勃。若是妳完成任務後，不想再回到永平，妳也能選擇繼續留在西元生活。」文妲接著說。

「……妳會這麼說，是因爲從錄音檔案裡聽見了什麼嗎？」羅貝斯敏銳地察覺文妲話裡的暗示。

確實，在荏苒留下的語音紀錄裡明確提到，傅采茜在完成任務後，選擇繼續留在西元生活。

「到時候我會交代荏苒完成三個任務，以確保幾個大事件不至於偏離歷史的軌跡。」文妲交給羅貝斯三顆紅色塑膠球，塑膠球的外殼各刻了三個日期，表明這分別是荏苒完成三個任務的日期，而羅貝斯必須在荏苒逐一完成任務當天，陸續把塑膠球交給她。

文妲也說了，她會依照手環裡的語音紀錄，蓄意誤導荏苒，讓她一開始認爲自己非要與李聿融生下孩子不可，直到後來才愛上了張析宇。

「透過荏苒留下的語音紀錄，很多事都可以推敲出來龍去脈，唯有一件事連荏苒和張析宇都搞不清楚原因，更遑論我了，那就是張家所遭遇的縱火慘案。儘管不知道原因，但妳一定要確保那場火災會如期發生，張家人也會全數葬身火海。」文妲鄭重叮囑羅貝斯，要求她務必完成任務，話裡絲毫沒有犧牲無辜人命的歉疚。

「所以我的出生只是爲了完成歷史循環，在那之後呢？完成任務以後，我就留在西元生活了嗎？在那之前我經歷了些什麼？爲什麼我會選擇留在西元？十一年後選擇留在西元的我，又會過上什麼樣的生活？」羅貝斯心中一片茫然，低垂下頭喃喃自語。

「妳會有這樣複雜的心情，就是因爲妳擁有一半西元人的血統。」文妲溫聲對她說：「在妳的成長過程中，一定時常覺得自己與身邊的人很不一樣，時常有格格不入的感覺吧。」

羅貝斯並沒有否認，只緩緩抬起了頭，眼中的迷茫逐漸散去，「看來我沒得選擇。」

她挺直背脊，往前方的時光機一步一步走去。

當她坐入那架半透明的圓形機器時，電梯門忽然打開了，那個名爲佛得的男人出現在電梯裡，並且筆直朝她走來。

文妲並沒有阻止，靜靜看著佛得來到時光機旁邊，他嘴角含笑，綠色的眼眸瞇起，將另一枚小小的晶片植入羅貝斯腦中。

「這是一枚知識晶片，裡頭儲存的知識能幫助妳在西元生活，別擔心，也別害怕，妳做得到的。」

這句話說得極其溫柔，羅貝斯輕扯嘴角，算是答謝他的好意。待晶片植入後，她腦中瞬間擁有了關於如何在西元年間生活的基本常識。

「謝謝。」羅貝斯對佛得淺淺一笑，看著半透明的蓋子闔上，將她包覆在時光機裡，眼前的儀表板錯綜複雜，似乎還有光影閃動，她身上除了那三顆紅色塑膠球，其他什麼都沒有，而這樣的她就要孤身被送往那個遙遠且陌生的舊年代了。

時光機啟動時，她側頭看了站在外頭的文姮和佛得最後一眼，他們的綠色眼眸還眞是漂亮呢……

★

羅貝斯其實有一點點生氣，爲什麼自己不能跟其他人一樣？爲什麼她從出生那一刻起，她就得背負身不由己的命運。

更別說她還沒得選擇，要是她拒絕接受命運的安排，就只能消失在這世上，而她若消失，連帶著永平也會消失。

身爲永平人，她向來以人類的集體利益與永續生存爲重，所以她擔負不起這麼重大的罪過。如果要說她居然這麼快就接受自己這莫名其妙的命運，甚至沒想過要反抗的話，她反倒想問問，難道她還有其他選擇嗎？

想到這裡，坐在時光機裡的羅貝斯無奈地閉上眼睛，等著時光機帶領她回到西元舊時代。

她以為會經歷劇烈的顛簸，或者會感受到一陣強烈的暈眩，但事實上那些都沒發生，她就像是進入了一場美好的睡眠一樣，當她再次張開眼睛時，發現自己躺在草地上，鼻間嗅聞到青草清新的氣息，她立刻從地上爬起來環顧四周，猜測自己應該是置身於一戶人家的庭院裡。

羅貝斯沒在附近看到時光機，她摸向口袋，確認那三顆紅色塑膠球還在，鬆了一口氣，開始仔細觀察起這戶人家。

這是一棟兩層樓的住宅，庭院裡的花圃種植有各色鮮豔嬌美的花朵，那些花都是羅貝斯不認得的，連同圍繞著花朵飛舞的蝴蝶、蜜蜂，以及在樹梢吱吱叫的麻雀，羅貝斯也都是第一次親眼目睹。

她眞的來到西元了，她有點不敢置信。

只是來到西元之後，該要如何生存下去？

文姮什麼線索都沒給她，怎麼能確定她能在西元赤手空拳闖出一片天？的確，從歷史看來，她必然是成功了，才會有後續的發展，也才會有永平的出現。

但即便她知道自己能夠成功，最初的那一步又該往哪裡走？

她躲在庭院好一陣子，都不見有人從屋裡出來，於是她從花圃中起身，拍拍身上沾染的泥土，踮起腳尖往圍牆外望出去，這棟住宅竟是視線所及範圍內唯一的建物，附近全是遼闊的稻田，彷彿世外桃源般幽靜。

看來，她唯一的選擇，大概只能求助於眼前這戶人家了，她走到大門前，摁下電鈴。

「請問是哪位？」對講機響起一個少女的聲音。

「那個……我迷路了，想請問一下這邊是……」羅貝斯說著蹩腳的謊言。

「迷路？這邊可不是一般人迷路會找過來的地方，妳是誰？」少女笑了笑。

「我叫傅采茜。」羅貝斯記得文姐說過，她來到西元後的名字是傅采茜。

「傅采茜？」少女失笑。

「對，我一醒過來就發現自己在這裡了，請問一下，這裡是哪裡？還有，我要怎麼從這裡離開？」羅貝斯決定實話實說。

羅貝斯方才粗略設想過，她必須得先去到大城市努力謀生，起碼做到在這個時代存活下來，後續再慢慢想方設法完成文姐交付的任務。

「妳看起來年紀很輕，幾歲呢？」少女的聲音再次傳來，羅貝斯這下才注意到這部對講機配置有鏡頭，對方早已透過鏡頭看清了自己的長相。

「十八歲。」

「這麼巧，我也十八歲。」對方的語氣聽起來帶點玩味，「我把門打開了，妳進來吧。」

進去？

羅貝斯有些訝異，犯罪行爲在西元可沒有絕跡，西元人不是應該要充滿警戒心嗎？怎麼就這樣讓素昧平生的陌生人進到家裡？

西元犯罪史的課程內容在羅貝斯腦中快速閃過，羅貝斯又想，該不會這個少女是要對自己不利吧？她猶豫一陣，最後還是推門而入。

屋內寧靜舒適，有一股淡淡的香氣，客廳窗戶大開，應該是竄溜進來的微風帶來了庭院的花香。一名坐在輪椅上的少女嘴角掛著淺笑，美麗的大眼盈滿好奇，正上下打量羅貝斯。

「妳說，妳叫做傅采茜啊？」少女略微歪了歪頭，剪齊的劉海和及肩的短髮，讓她看起來像個可愛的洋娃娃。

「對。」羅貝斯稍微看了一下屋內環境，收拾得挺乾淨整潔，似乎只有少女一人在此獨居。

「這麼巧，我也叫做傅采茜。」少女笑瞇了眼，「難道神明聽見我的願望，才派妳過來嗎？」

羅貝斯心裡一驚，怎麼會有這麼巧的事？這也是文姮的刻意安排？所以時光機才會把她送來這裡？

「妳是不是調查過我才會來這裡？目的是什麼？入室搶劫？妳會殺了我嗎？」傅采茜始終笑臉盈盈，臉上並無懼怕，更多的是好奇。

「不，不是。」羅貝斯思考要編造什麼樣的謊言，才不至於讓傅采茜覺得自己奇怪。

「那妳爲什麼會過來這裡呢？我已經躲在這個地方好幾年了，都沒有誰來找過我呀。」傅采茜很疑惑，一雙秀氣的眉毛微微蹙起。

羅貝斯注意到，傅采茜的輪椅上掛著一袋點滴，裡頭的液體不斷注入女孩纖細的手腕。

「我不是壞人，我只是……」看著傅采茜天眞的雙眼，羅貝斯內心湧起一股莫名的直覺，要她說出實話。「現在是西元二〇一〇年嗎？」

「是呀。」

羅貝斯心想，自己來到這裡遇到的第一個西元人，竟然就是傅采茜，而文姮指定自己來到西元後就要以「傅采茜」為名……有時候命運就是會把一切都安排得好好的，然後站在遠方靜靜看著。

「我來自很久以後的未來……」所以羅貝斯把全部的事和盤托出，包括她來自四千多年後的未來，她來到西元要執行的每一項任務，以及這一整個要由她確保完成的歷史循環。

她原先猜想，傅采茜必定不會相信，畢竟對西元人而言，時光穿越只是想像中的概念，並未被證實可以實現。

但傅采茜卻眼睛一亮，很輕易地相信了羅貝斯所敘述的一切。

「妳怎麼會相信？」羅貝斯反問。

「我昨天剛滿十八歲，我許了一個願望，希望有個女孩能過來陪伴我，她最好身無分文，然後今天妳就出現了。」傅采茜笑容燦爛，「既然我都相信神明會替我實現願望了，怎麼不會相信科技終有一天得以進步如斯？」

羅貝斯沉默不語。

「況且，我住在這裡好幾年了，四周無人居住，一片安靜，有任何風吹草動我都能知道，外頭只有一條產業道路能通到我家，妳不可能走路過來，也不是搭乘任何交通工具，否則我一定會聽見動靜。由時光機將妳帶來，這好像反倒是最合理的解釋了，對吧？」傅采茜振振有詞。

「原來妳還是有用理性的角度去思考啊。」面對如此天眞爛漫的女孩，羅貝斯內心某塊地方似乎變得柔軟了些。

「再跟我多說一點妳的事吧。」傅采茜操控輪椅來到廚房，打開冰箱，取出剩下一半的生日蛋糕。「妳應該肚子餓了吧？」

羅貝斯摸了摸肚子，自她登上輪船後就沒再吃過東西，確實有些餓了。盯著面前的蛋糕，她頓時口水直流，也不客氣，拿起叉子飛快把蛋糕吃得精光，狼吞虎嚥的吃相逗得傅采茜哈哈大笑。

傅采茜又到了房間拿了幾件衣服交給羅貝斯，「妳就一邊在這裡住下來，一邊完成妳的任務吧。」

「什麼？」羅貝斯驚訝地看著傅采茜。

「我一個人住在這裡，雖然朋友偶爾會來看我，每隔幾天也有人過來打掃，但我還是覺得非常寂寞。」傅采茜輕聲說，「所以我想要有人能一直留在這裡陪我。」

「但是我必須去完成任務，不能一直留在這裡。」

「不是說未來人很聰明嗎？難道妳沒發現時光機將妳送到這裡的原因？」傅采茜一笑，「妳將會取代我，使用我的身分在西元生活。」

「怎麼會？我要怎麼取代……」羅貝斯愣住了。

「等我死了以後，我的身分給妳，我的財產給妳，我的一切都給妳，而妳只要給我一樣東西。」儘管傅采茜臉上仍然帶著笑容，但她握緊輪椅扶手的纖細手指卻隱隱顫抖，「請妳給我我的夢想。」

「夢想？」

「我從小就夢想進入媒體業界工作，無論是什麼職務都行，只要能身處其中就好，但妳也看到我的身體狀況，我的時間不多了。等我死了以後，請妳用我的名字，讓『傅采茜』這個名字成爲家喻戶曉的媒體從業者。」傅采茜語氣認眞無比。

羅貝斯這時才注意到電視旁邊的櫃子，放滿了許多獎狀與證書，全都是參加廣播、新聞、主播、記者等媒體相關研習營所獲得的。

「那些都是我以前參加的，久遠得彷彿是上輩子的事了，現在我連自己出趟門都沒辦法。」傅采茜說著便掉下了眼淚，「我向神明許了這麼多次願望，終於能實現一次……」

對傅采茜來說，羅貝斯是不是眞的來自未來，一點都不重要。

因爲傅采茜已經聽到她最想要的，一個與她同年的女孩，一個身無分文的女孩，一個也想要進入媒體圈的女孩，她希望這個女孩能夠代替自己。

於是羅貝斯決定暫且在傅采茜家裡住下，儘管傅采茜不方便外出，但她習慣透過網路吸收新聞媒體行業知識，她將這些知識一一教給羅貝斯。

雖然只是皮毛，但傅采茜確實讓羅貝斯對於西元時代的媒體業有了大概的瞭解。

每天下午，羅貝斯都會推著傅采茜的輪椅，和她一起到外面走走。傅采茜說，在羅貝斯出現以前，她有好幾年不曾離開過這間屋子了。

所有的生活用品，傅采茜都採網路訂購，再透過宅配送來。

傅采茜不是不能行走，只是十分吃力，當她身體情況比較好的時候，她也會和羅貝斯一同照料花圃。

這段日子裡，傅采茜偶爾會提及自己的過去，她在國中時因爲一場意外車禍，失去了所有的家人，她不僅繼承了父母留下的大筆遺產，還獲得鉅額的保險理賠，讓她身邊頓時多了一大群搶著要照顧她的「遠房親戚」。

不堪其擾下，她索性休學，躲到清幽的偏鄉定居，順便養病。

她本來身體就不好，那場車禍更爲她留下不可逆轉的傷害，她很清楚自己這輩子注定無法像常人那樣生活了，更遑論追尋長久以來的夢想。寂寞與絕望日漸侵襲她的心靈，她心中時常湧現想死的念頭，是涂嘆要她依舊保有希望。

「涂嘆？」來到這裡這麼久，這是羅貝斯第一次聽到傅采茜提起這個名字。

「他是以前住在我家隔壁的哥哥，對我非常好，他們一家人都在媒體業工作。」傅采茜唇畔帶著溫柔的淺笑。

「妳是因爲他才想進入媒體業？」羅貝斯好像理解了些什麼。

「是他讓我了解原來媒體業那麼有趣。」傅采茜將肥料灑在土壤上，「但是他不能太常來找我，有些討厭的親戚到現在還會跟蹤他，想透過他找到我。」

涂嘆比傅采茜大五歲，從小就跟她感情很好，一直很保護她，她人生最低潮痛苦的時候，是涂嘆不斷在旁鼓勵她好好活下去，告訴她希望一定在不遠處。涂嘆目前在電視臺任職，他說他會爲傅采茜鋪好進入媒體業的路，但在那之前，傅采茜必須先靠自己的力量站起來。

「他要我和他一起努力，我雖然年紀很輕，但也明白很多事不是願意努力就能成功，我的身體我自己知……」傅采茜越說聲音越低，幾乎快要喘不過氣，她的手指再也握不住花鏟，花鏟掉在地上。

羅貝斯見狀，趕緊抱起她跑回屋內。

她把傅采茜安置在椅子上，拿起桌上的噴劑往她口中噴，「慢慢呼吸，傅采茜，呼吸。」

噴劑很快發揮作用，傅采茜急促的呼吸聲逐漸變得和緩，她眼角溢出晶瑩的淚水，沾濕了她的臉龐。

「即便沒有那場車禍，我也無法活太久。有時候我會想，爸媽先到那邊也好，至少他們不必承受我離開的悲傷……」傅采茜說著說著，輕輕闔上眼睛。

羅貝斯嚇得幾乎要倒抽一口涼氣，幸好傅采茜只是虛弱得睡著了。她安下心來，坐在一旁盯著傅采茜的睡臉出神。她來到西元有半年多了，這段期間她基本上算是一事無成，而她必須在接下來的幾年內變成臺灣最炙手可熱的新聞主播和主持人。

一個微小的念頭倏地從她心上閃過，如果傅采茜一直都像現在這樣，儘管身體孱弱，卻始終活得好好的呢？

那她要到什麼時候才能頂著傅采茜的名字離開這裡？

傅采茜纖細的脖子看起來不堪一擊，羅貝斯的手鬼使神差地摸了上去，卻又像是被炙熱的火焰燒灼到一樣，馬上縮回。

「我在想什麼啊……」她爲自己邪惡的想法感到害怕。

外頭忽然傳來車子的引擎聲響，羅貝斯馬上警戒地起身，衝到門前落鎖，並透過門上的貓眼觀察。

一輛黑色的轎車停在路邊，一個男人從駕駛座下車，他戴著墨鏡身穿大衣，在走進院子時注意到空著的輪椅，他瞬間臉色一變，三步併作兩步衝向大門試圖開門，卻發現門被鎖住了。

「采茜！采茜！妳沒事吧？」他用力拍門。

羅貝斯透過貓眼把男人驚慌失措的神情看得一清二楚，她心想對方大概就是涂嘆了。

所以她扭開門鎖，差點被氣急敗壞推門進來的涂嘆給撞倒。

「妳是誰？」涂嘆拿下墨鏡，一見到羅貝斯先是一愣，待瞥見斜躺在椅子上的傅采茜後，等不及羅貝斯回答，便衝往傅采茜身旁蹲下，「采茜，妳沒事嗎？」

傅采茜睡得很沉，儘管這番動靜不小，她卻沒被驚醒。

「她怎麼了？」涂嘆銳利的雙眼朝羅貝斯看來。

「我們在外頭整理花圃，大概是天氣太冷，她忽然氣喘發作。」羅貝斯走過去關上大門。

涂嘆目光飛快掃過桌上的藥品，探了下傅采茜的脈搏，凝神觀測她的呼吸，確定一切正常後，才鬆了口氣坐在地上，並伸手輕撫傅采茜的臉頰。

「謝謝妳。」他向羅貝斯道謝的時候，並沒有轉過頭看她。

羅貝斯無法看見他臉上的表情，但光從他聚精凝神的背影，便讓羅貝斯知曉，涂嘆很在乎傅采茜。

「你要喝點什麼嗎？」羅貝斯邊說邊走到廚房，從冰箱拿出昨天榨的柳橙汁。

「妳身上的衣服是采茜的。」涂嘆終於回頭看她。

「對。」

「妳住在這裡？」涂嘆能察覺屋裡擺設的物品與以往有了些微的不同，像是桌上多了個他沒見過的馬克杯，羅貝斯腳上也穿著一雙他沒見過的拖鞋，櫃子上的相框裡甚至出現一張傅采茜和羅貝斯的合照。在這之前，傅采茜家裡只會有她自己的個人用品，頂多有一份他的，供他偶爾來訪時使用。

「是的。」羅貝斯爲涂嘆倒了一杯柳橙汁，放在客廳桌上。

「妳有什麼企圖？」涂嘆看向羅貝斯的眼中充滿不信任。

「我只是……」

「她是神給我的禮物。」傅采茜半睜開眼，緩緩開口。

見傅采茜醒來，涂嘆小心翼翼地攙扶她坐起。

「這是什麼意思？」他輕輕握住傅采茜的手。

不知爲何，涂嘆的這個舉動看得羅貝斯心中一緊。

「涂嘆，你也知道我的狀況。」傅采茜微微一笑，「她自幼沒有親人，獨自在外流浪許久，是我要她留下來陪伴我的。未來等我不在了，她就會是我。」

「妳在說什麼？妳不會有事的，我跟妳說，我已經安排好了，妳現在唯一要做的就是把身體養好，然後來我們公司面試……完成妳的夢想……」

「我這身體是不行了，我心裡有數。」傅采茜輕聲囑咐涂嘆，「我說了，等我死了，我所擁有的一切，都要給她，包括我的身分。」

瞠目結舌之餘，涂嘆覺得傅采茜必然是受羅貝斯欺騙，才會說出這種荒誕的話，他憤恨地瞪著羅貝斯，「妳現在立刻離開這裡！」

「我不要！」羅貝斯拒絕。

涂嘆霍地站起，一把拉著羅貝斯將她往門口拖去，羅貝斯奮力反抗，但涂嘆畢竟是男人，她敵不過他的力氣。

「涂嘆！這是我家！我不准你這樣對待她！」傅采茜急得大喊。

涂嘆停下動作，不可置信地看向傅采茜，依然沒有鬆開緊抓著羅貝斯的手，「采茜，這女的一定是來騙錢的，我們躲了這麼久，妳怎麼可……」

「我不是！我是來自未……」

「她不是壞人，我能用我的生命和夢想爲她做擔保！」傅采茜飛快出聲打斷羅貝斯原本要說出的那句辯解，她不想讓涂嘆得知羅貝斯來自未來，否則他一定更無法接受她做下的決定。

「采茜！」這是涂嘆第一次見到傅采茜如此護著某個人。

「如果你不能相信她，好歹也該相信我吧？」傅采茜眼圈一紅，大顆大顆的眼淚沿著腮邊滾落，「涂嘆，你不要再欺騙自己了，我的身體狀況我最清楚。」

「……之前說好了，下星期一過來我們公司面試，我會來接妳。」涂嘆充耳不聞，語氣僵硬地說完後逕自離去，還故意用力撞了下羅貝斯的肩膀。

「眞抱歉。」傅采茜朝羅貝斯露出爲難的笑容，「他脾氣原本不是這樣的，他很心急，急著在短時間內爬上高位，才能盡快成爲我的後盾，再加上我的身體……所以……」

羅貝斯坐到傅采茜身旁，握住她的手，「沒關係，他也是擔心妳。」

「謝謝妳。」傅采茜一笑，唇瓣幾無血色，眼下烏青一片。

連羅貝斯都看得出來，傅采茜的身體肉眼可見地一日一日衰弱下去，偏偏她又固執地不肯去醫院。

「他看起來……很在乎妳。」羅貝斯遲疑地道。

儘管明白這種異性之間的在乎，可能就是愛情，但羅貝斯過去在永平從未體會過愛情，所以她無法理解這是種什麼樣的情感。

「他是我最要好的哥哥，失去爸媽後，他就是我唯一的家人了。」

當傅采茜如此說時，羅貝斯彷彿看見有什麼東西從她眼中一閃而逝，像是喜悅的光亮倏地熄滅。

傅采茜又怎麼不知道青梅竹馬的涂嘆，對自己的情感不僅僅只是鄰家哥哥對妹妹的愛護，即便他沒有明確說出口，但她一直都知道。可是從小她就只當他是哥哥，以前是、現在是，永遠都會是。

涂嘆已經幫助她很多，幫她安排了現在的住處，讓她躲避無良親戚的糾纏，從百忙之中抽空大老遠地開車來看她，就怕她一個人太寂寞。雖然家人多在媒體業界工作，他卻對這行沒有興趣，他是爲了她才違背自己的喜好入行，只爲了幫她鋪設好未來的路。

她是將死之人，若還要用愛將涂嘆綁在身邊，那就太自私了。

所以她總是故作不知，無視涂嘆的愛意，要是涂嘆眞的和她在一起，那涂嘆就太可憐了，他應該擁有更好的幸福，而這份幸福理應由其他健康的女孩給予他。

傅采茜纖細的手指用力抓住羅貝斯的肩膀，「答應我，等我死了，除了讓我的名字在媒體業界發光發亮，也請妳……陪在涂嘆身邊，好嗎？」

「但是他……」羅貝斯看得出涂嘆很厭惡自己。

「答應我，成為傅采茜，」傅采茜掉下眼淚，「讓我用另一種方式活下去。」

傅采茜雙頰瘦削、形容枯槁，眼睛裡滿是赤裸迫切的求懇之意。

看著這樣的傅采茜，羅貝斯的心驀地沉至谷底。

原來無論是在永平，還是來到西元後，一直以來，她都無法為自己而活。

都得為了其他人的期盼而活。

★

羅貝斯看著鏡中的自己，身上圍著一塊白布，椅子底下鋪了好幾張攤開的舊報紙，傅采茜站在她身後，手上握著一把剪刀不斷開開闔闔，臉上寫滿期待。

「妳從來沒剪過頭髮嗎？難道未來的人不需要剪頭髮？不可能吧？妳頭髮明顯變長了啊。」傅采茜難得如此興奮。

「有啦，中央政府每隔一段時間，就會請人來學校幫我們剪頭髮。」羅貝斯記得來幫學生剪頭髮的人，清一色都是有著一雙綠眼睛的年輕女孩，她們總是能幫每個人剪出漂亮的髮型。

「好奇怪喔，怎麼不讓你們自行去理髮？」傅采茜將羅貝斯原本長至腰間的頭髮剪短十五公分左右，確認她頭髮的長度與自己差不多後，再繼續做細部的修整。

「沒有這個必要，中央政府統一安排專人過來剪比較方便。」羅貝斯看著地上的落髮，絲毫不覺得可惜。

「中央政府怎麼連剪頭髮這種小事都替你們安排好？這樣不是很沒意思嗎？」傅采茜呶呶嘴，用噴水壺將羅貝斯的劉海打濕，再用細齒扁梳梳整齊。

「不會啊……這樣很好，我們就不必爲了這種小事費心……」羅貝斯像是在辯解，或者更像是在催眠自己。

「小時候爸爸媽媽也是什麼事都幫我安排好，但是等我長大以後，我就開始隨著自己的心意去做選擇。」傅采茜說到這裡笑了下，替羅貝斯將過長的劉海修短，「我還記得我第一次說要自己做決定時，我媽媽臉上那震驚的神情呢。」

羅貝斯端詳鏡中的自己，髮型變得和傅采茜極爲相似。

過去還在永平的第二大陸上生活時，一直都是由別人來決定她適合什麼樣的髮型，沒想到就連在這裡也是。

在她的人生裡，即便是髮型這種小事都不能自己作主。

「聽從安排錯了嗎？」羅貝斯輕聲問。

「也不是有沒有錯的問題，只是這麼一來，不就像失去了自我一樣嗎？」傅采茜耐心答道。

「自我是什麼？」

「就是有自己的想法和主見，然後可以自己選擇想要的一切。」傅采茜爲羅貝斯剪了一個和自己一樣的髮型，她站到羅貝斯身後，雙手搭在她的肩上，將臉湊到她的臉旁邊，滿意地笑著說：「我們看起來還眞有點像呢。」

羅貝斯看著鏡中的自己和傅采茜，忽然覺得，她快要連自己是誰都不知道了。

★

「一個人對於自身個體的存在、人格特質、社會形象所產生的一種認知、意識與意象……」

「妳在念什麼？」傅采茜操控輪椅來到客廳，瞥見羅貝斯坐在電腦前盯著螢幕出神，嘴裡不知在喃喃念些什麼。

「我在查上次妳說的『自我』是什麼意思。」羅貝斯認眞道。

「未來世界還有電腦嗎？」傅采茜隨口問，她腿上放著一套正式的裙裝，她把那套衣服放到椅子上。

「有，或者也應該說沒有，永平的電腦不再是一臺被稱爲『電腦』的機器，永平所有的家具都已智能化，都能提供電腦所具備的功能。」

對於傅采茜來說，羅貝斯所描述的是她難以想像的未來，也是她不可能親眼得見的未來，所以她只是聳聳肩，跳過這個話題，要羅貝斯過來穿上這套衣服。

「今天妳要代替我去面試，這是妳走進媒體業的起點。」

「但是涂嘆他……」羅貝斯只要一想起那個男人，便有點害怕，永平沒人像他說話行事這麼粗魯。

「涂嘆……他的名字很奇怪對吧？」傅采茜若有所思地說。

羅貝斯不能理解涂嘆的名字有哪裡奇怪，但她沒說話。

「我們這邊有一句話叫『生靈塗炭』，意思是人民彷彿陷入泥沼、炭火般痛苦不堪。怎麼會有人將孩子的名字取爲『涂嘆』呢？還是嘆氣的嘆……」傅采茜搖頭苦笑，接著抓住羅貝斯的手。「妳別看涂嘆這樣，其實他很容易心軟，這與他兒時的陰影有關，不過這又是另一個故事了。總而言之，涂嘆永遠不會棄妳於不顧，妳要相信這一點，請妳代替我，待在他的身邊，然後喜歡上他，也讓他喜歡上妳。」

「我不知道自己做不做得到……我跟妳說過，永平人已經失去了情感感受能力……」

「但妳並不完全算是永平人不是嗎？妳有一半西元人的基因。」傅采茜振振有詞，「而且經過這段時間的相處，我並不覺得妳毫無情感，妳只是在情感的體會與表達上比較笨拙一些，比一般人需要多一點時間罷了。」

安靜半晌，羅貝斯老實說：「我有點怕涂嘆。」

「我知道，但是總有一天，妳會喜歡上他的。」

羅貝斯沉默不語，順從地穿上了那件套裝。

一個小時後，當再次前來的涂嘆看見換上一身正式套裝的是羅貝斯時，他臉上流露出明顯的不悅。

「采茜，我是來帶妳去面試的，而不是這個來路不明的女人。」涂嘆蹲跪在傅采茜的輪椅前，「我查過這個女人了，她的過去一片空白，什麼都查不出來，她就像是憑空出現在妳家一樣，這怎麼可能？她很可疑。」

傅采茜聽到這番話卻笑了出來，這等於間接證明羅貝斯果真來自未來，涂嘆才會查不到她的過去，羅貝斯在西元本來就沒有過去。

「她被家人捨棄了，連曾經存在的證明都被抹煞了，她是上天賜給我的禮物，她會好好代替我活下去。」傅采茜冰涼的手指捧起涂嘆的臉，溫聲說：「請你好好對待她，把她當作是我。」

「這……」聽聞傅采茜為羅貝斯編造的悲慘身世，涂嘆想發脾氣也發不出來了，被家人捨棄的孩子，呵，跟他一樣呢。

「我絕對會面試上的，等我回來。」離開前，羅貝斯信心滿滿地向傅采茜保證，她的信心源自於她相信歷史的軌跡會重複。

「嗯，我知道妳一定可以做到。」傅采茜在門口向他們揮手道別。

上了車後，兩人一路無話，涂嘆依舊面色不善，好幾次欲言又止。

「你覺得什麼是『自我』？」而羅貝斯腦中還想著剛才在電腦上看見的那段文字，她不是很理解其中的含意。

「什麼自我？」涂嘆沒料到羅貝斯會主動跟他說話。

「采茜說，所謂的『自我』，是擁有自己的想法和主見。」

「妳們是在什麼情況下聊到『自我』的？」

羅貝斯發現，傅采茜似乎有意向涂嘆隱瞞自己真正的來歷，於是她思索了一下該如何說。

「我從小就依照父母的安排生活，穿他們指定的衣服、留他們覺得適合我的髮型、去他們指定的地方……其實他們也沒有很嚴格限制我一定要怎樣，只是很自然而然地讓我照著他們的意思去做……」

「妳是被妳父母洗腦了吧。」涂嘆不客氣地說：「在籠子生活的鳥，反而會覺得在天空翺翔的鳥是異類。」

「我是待在籠子裡面嗎？」

「我哪知道。」涂嘆嘖了聲，「所以妳是從家裡逃出來的？那妳現在應該算是獲得自由了吧？未來妳自己能找到答案。」

「我不是逃出來的……是文……是我媽媽要我離開的。」

「原來妳也不被媽媽所喜愛啊。」涂嘆冷笑，大概是同病相憐，一時有感而發，他竟自顧自地說起了自己的身世。

涂嘆是他父親在外面生的孩子，一出生就被父親接回家撫養，卻不被喜愛，還被以不吉利的「嘆」字爲名。

他從小一直活在不被父母所愛的陰影之中，直到長大才知道眞相，但孩提時造成的心理傷害已經無法抹滅。

「我跟妳講這些做什麼？」涂嘆輕咳一聲，醒悟過來自己說太多了。

「媽媽是什麼樣的存在？」

「就是一種讓人又愛又恨的存在吧。」涂嘆聳肩，「采茜的媽媽是個非常溫暖的人，她總是會注意天氣的變化，提醒采茜多穿衣服或是出門帶傘。我時常看到她們笑嘻嘻地聊天，偶爾拌嘴吵架，還會一起整理花圃。我對『媽媽』的定義，多半都是來自采茜的母親吧。」

羅貝斯知道荏苒就是自己的母親，然而當她見到荏苒後，她不但無法與荏苒相認，還必須對荏苒說出一連串的謊言……想到這裡，羅貝斯不自覺掉下眼淚，但她其實分辨不清自己落淚的眞正原因。

或許更多的是她自傷於自己的命運，她毫無選擇地來到這個陌生的時空，被迫去做那些她不想做的事，而且即便到了這裡，她也還是得任由別人操弄她的人生。

「妳不要哭啊。」見她落淚，涂嘆慌了手腳，一手握著方向盤，一手飛快從一旁的面紙盒抽了好幾張面紙，往羅貝斯的臉上胡亂抹去。「女生動不動就掉眼淚，最煩妳們這樣了。」

「我其實不知道自己爲什麼會哭……」她說不出所以然來，只覺得內心深處某個地方充滿哀傷。

「反正妳都逃離家裡了，也算是能展開新生活了，不是嗎？」涂嘆不知道該怎麼安慰羅貝斯，於是打算轉移羅貝斯的注意力，「所謂的自我，就是對自己的存在有所認知，在理解並認同了自己後，去選擇所愛的任何人事物，這是我對這個字詞的解釋。」

羅貝斯舉著那幾張皺成一團的面紙拭淚，想起文姮說過，等她完成任務後，她便能自行選擇往後的人生，看是要待在西元還是回到永平都可以。

從歷史軌跡來看，最後她會留在西元。這是否意味著她將在西元找到眞實的自己，或者其他重要的什麼，所以她才會做出這個選擇呢？

「謝謝你。」她擦乾最後一滴眼淚，覺得似乎找到了一絲絲希望。

第六章　她們是那些不曾消散的生命

面試羅貝斯的是涂嘆的舊識，他看在涂嘆的面子上，對於「傅采茜」只有高中肄業睜一隻眼閉一隻眼，破格錄取了羅貝斯。

當羅貝斯把這個消息告訴傅采茜時，傅采茜高興得激動落淚，隨即又是一陣猛咳，像是要把肺咳出來似的。

「最近妳身體明顯變差很多，要不要去大醫院……」

「去做更進一步的診療嗎？」傅采茜一面不斷咳著，一面艱難地說完這句話。

羅貝斯扶她坐下，輕輕替她拍背，「是呀，起碼藥物能讓妳比較舒服些，說不定還能……」

「我爸爸在碰上車禍後，並沒有馬上過世。為了讓他留在我身邊久一點，即便他意識昏迷，只能插管接上呼吸器維生，我都想讓他活著，直到最後，我夢見他求我讓他走。」傅采茜咬著下唇，「我不想像我爸那樣在病床上痛苦活著，我想漂漂亮亮地離開。」

「妳說這什麼話，我……」

「況且等我死了，妳才能使用我的身分活下去，不是嗎？」傅采茜露出微笑。

羅貝斯一驚，「妳當時醒著，是嗎？」

「嗯，我當時還醒著，只是沒有睜開眼睛，或許我內心也希望妳能下手。」傅采茜絲毫不在意羅貝斯曾經想殺了自己。

「我後悔了，對不起，我當時不該那樣做，我想過了，即便妳活著，我也可以用妳的身分生活下去，就像現在這樣，用妳的名字去面試，我們其實長得挺像的，沒有人會發現……」

傅采茜卻搖頭，「羅貝斯，妳請涂嘆過來吧。爲了慶祝妳錄取記者，我們要大吃一頓。」

「是妳錄取。」羅貝斯眼圈泛紅。

「我們都錄取了。」說完，傅采茜擁抱了她。

稍晚，等涂嘆過來後，三個人吃了一頓非常豐盛的晚餐，席間和樂融融，傅采茜尤其談笑風生。那一天傅采茜的精神特別好，甚至還能站起來下廚，也趁機又多教了羅貝斯幾樣她的拿手菜。

涂嘆許久沒見傅采茜笑得那麼開心，他暗自盤算，之後不管傅采茜如何抵觸，一定要想辦法把她帶往臺北就醫。

由於喝了酒不方便開車，涂嘆便留下來過夜。

隔天連有些宿醉的涂嘆都醒了，傅采茜的房門卻還是緊閉的。

以往傅采茜並沒有晚起的習慣，涂嘆和羅貝斯對看一眼，心中湧上一股強烈的不安，兩人過去敲了敲她的房門，沒有得到回應，便旋開門把闖了進去。

傅采茜穿著潔白的洋裝，閉著眼睛靜靜地躺在床上，面容安詳，看起來像是天使一樣，她手裡緊握著氣喘藥物。

她在書桌上留下一張紙條：

羅貝斯，從今天起，妳就是我了。

涂嘆，從今天起，就把羅貝斯當成我，你想給我的任何東西，就都給她吧。

那是羅貝斯第一次體會到什麼叫做撕心裂肺。

她幾乎快要喘不過氣來，跪在床邊好久，只是盯著傅采茜的臉看，直到視線一片模糊，她抬手往眼睛抹去，才發現自己早已淚流滿面。

「妳傻了嗎？妳……」涂嘆捏緊紙條，想說些什麼卻又不忍說出任何斥責傅采茜的話，他只能也跟著跪下，痛苦地用手捶著地板，選擇怪罪到羅貝斯身上，「如果不是妳出現……采茜也不會就此失去求生意志！」

彷彿只要這麼想，他就可以欺騙自己，不去正視傅采茜近年來每況愈下的病情。

然而在他的內心深處，他其實也明白，傅采茜先天就患有嚴重的心臟病，再碰上車禍，加上父母一夕之間驟然離世，她不管是在身體上還是心理上，都早已無法承受如此打擊，而羅貝斯的意外出現，反倒可以說是拯救了她，給了她一絲希望。

她把自己的身分與夢想託付給羅貝斯，讓羅貝斯能用她的身分爲她實現未竟的夢想。如此一來，她雖然死了，但從另一個角度來說，也可以說她還仍然活著。

「采茜……」羅貝斯抱住一動也不動的傅采茜，由衷感謝這個將自己所有的一切都給了她的女孩。

★

而後，羅貝斯成爲了傅采茜。

傅采茜那些遠房親戚對於傅采茜漠不關心，過去根本沒太正眼看過她，對她的外貌並未留下什麼印象，再者多年未見，傅采茜又正値青春期，女大十八變也是常有的事，因此當他們與宣稱自己是傅采茜的羅貝斯碰面後，沒有人察覺有異。

況且羅貝斯一舉把傅采茜留下的遺產全分給了他們，他們欣喜若狂都來不及了，誰還有心思多想？

羅貝斯這個舉動讓涂嘆瞠目結舌，大表反對，「妳瘋了嗎？妳怎麼能把采茜留下來的財產都給他們？」

「我給他們的只是采茜的錢，她還有留下其他更重要的東西，她留給我她的身分，還有這個！」羅貝斯舉起掛在胸前的記者證。

「這……」涂嘆被堵得說不出話。

過去傅采茜需要那些錢，是爲了支付長年日常生活所需，以及隨時可能需要用到的龐大醫療費用，但如今傅采茜已經不在人世，若是能用那筆錢財讓她那些親戚閉嘴，羅貝斯樂見其成。

「妳總需要生活費吧？」涂嘆皺眉。

「我會有辦法的。」羅貝斯不以爲意。

在荏苒留下的語音紀錄裡，荏苒曾經多次念了幾組不同的號碼，在西元待了幾年後，羅貝斯明白那是樂透的開獎日期和中獎號碼，她只要在特定的時間購買樂透彩券，便能輕而易舉獲得一大筆金錢。

而她也明白，未來當她遇到荏苒，必須要讓荏苒把這幾組號碼再次記錄到手環之中。

這就是文姮所說的循環，她必須一步一步完成任務，才能在最後的最後，找到眞實的自我，並且活下去。

不是爲了永平，也不是爲了文姮或是荏苒，更不是爲了傅采茜，而是爲了自己。

爲了自己而活，不再是誰的替身。

★

經過多年相處，羅貝斯和已經成爲製作人的涂嘆變得更加親密，但那一層親密是建立在兩人共同的回憶上，或者應該說建立在傅采茜身上。

涂嘆從來不叫她傅采茜，總是喚她小貝。外人都認爲這是他對她的暱稱，但羅貝斯知道，涂嘆還忘不了傅采茜，並且抗拒她成爲傅采茜。

即便如今「傅采茜」早已成爲家喻戶曉的名人，在每一個人的認知裡，她就是傅采茜，涂嘆依舊喊她小貝。

羅貝斯在很早就完成第一階段的任務，她出版了不只一本書，也有了很不錯的經濟能力，接下來就是等候荏苒的到來。

在荏苒預定前來的兩年前，傅采茜的忌日當天，涂嘆喝醉了來找她。

「時間過去這麼久，我都快忘記采茜的長相了，現在『傅采茜』這個名字，好像已經變成妳的了。」說完，向來冷硬堅強的涂嘆竟將臉埋進手心，聲音有著藏不住的哽咽，「我好想采茜……」

羅貝斯主動擁抱涂嘆，一句話也沒說，只是緊緊地抱著他，然後也不知道是誰先主動的，這個擁抱逐漸變成熱烈凶猛的肢體交纏，兩人在那一夜有了親密關係。

傅采茜曾要涂嘆把他原本要給予她的一切，全都轉給羅貝斯，其中也包含他對傅采茜的愛意，這點羅貝斯和涂嘆都很清楚。

的確，涂嘆對羅貝斯很好，她能有今天的地位與成就，背後少不了涂嘆的鼎力相助，然而羅貝斯知道，眞正的傅采茜一直活在涂嘆心中，那是她永遠無法取代的。

羅貝斯爲此感到一絲憤怒與心痛，在涂嘆的懷抱裡，她掉下了難以言喻的淚水，她體悟到自己在這段漫長的時光中，不知不覺愛上了這個男人，儘管他始終戀慕著早已死去的傅采茜。

有了親密關係後，兩人之間的距離相較以往明顯拉近許多，但涂嘆卻從來不說要和她交往，也依舊喊她小貝。

羅貝斯爲此深感痛苦，卻又不敢出言相詢，深怕會得到害怕聽到的答案。

然後，荏苒出現了。

當她在電視臺的休息室等候荏苒時，她十分忐忑，不知道自己是否能夠完成任務，她待在西元的時間太久太長了，她對這個時代投入了太多感情，她甚至覺得自己已經是傅采茜，而不是羅貝斯了。

「文姐請我過來找妳，我叫……」荏苒惴惴不安地開口。

聽見荏苒本人的嗓音，不知爲何，竟像是有股暖流流淌過羅貝斯的心頭，她奇異地平靜了下來。

「荏苒。」羅貝斯接過話，仔細打量面前的年輕女孩。

就是這個女孩生下自己的嗎？這個名爲荏苒的女孩就是自己的母親嗎？羅貝斯心想，眞是有趣，她現在的年紀甚至比荏苒還要大，而站在荏苒身旁的男生就是張析宇，她的父親。

羅貝斯已經爲這天的到來準備了太久，她甚至曾在腦中依照荏苒留下來的語音紀錄演練過無數次，她很清楚自己該說些什麼，以及該做些什麼。

最一開始，她必須要讓張析宇認爲荏苒是因爲遭逢巨變，導致出現幻想症狀，而她也清楚一開始荏苒會把目標對象誤認爲是李聿融，只是當她眞的聽見荏苒說出李聿融的名字時，還是略微震驚了一下，一切發展都與錄音紀錄相符。

而後她在許多事情上，都根據荏苒留下的語音紀錄，讓自己刻意說出一些話，藉此導引後續事件的發展能在預期之內。

接著，羅貝斯依照紅色塑膠球上所刻印的日期來到荏苒的住處，把塑膠球交給荏苒，要她立即打開塑膠球，取出那張摺起來的紙條。羅貝斯在旁看清紙條上的內容後，她鬆了一口氣，想著自己又朝自由近了一步。

面對張析宇對於塑膠球的質問，羅貝斯想了個理由騙過了他，還不到讓張析宇知曉眞相的時機。

當荏苒順利完成第二個任務，羅貝斯忍不住首次主動問起荏苒關於任務的事。

「在幫助那些人的時候，妳事先知道他們是妳的任務人選嗎？」

荏苒搖頭，「最一開始，我在接觸每一個人時，心裡都會想，或許對方可以是我的任務人選。但到了後來，我的所作所爲都是出自眞心，不考慮其他，我不知道對方是不是任務人選，也不在意他們是不是任務人選。」

啊，一切都走在歷史既定的軌跡上，沒有偏移。

儘管這樣的發展對完成任務百利而無一害，但羅貝斯仍有點惆悵，有種還是逃不開命運的感慨。

「羅貝斯。」荏苒突如其來喚了她這個名字。

羅貝斯一愣，已經好久沒有人這麼叫她了，她慶幸自己正背對著荏苒穿鞋，否則她忽然湧上的複雜情緒必然會滿溢在雙眸裡，要是被荏苒看到了，該怎麼解釋？

她努力克制內心的波動，淡淡說道：「好久沒有人喊我這個名字了。」

「妳更喜歡人家喊妳哪個名字？」荏苒問。

除了涂嘆，她身邊所有的人都喊她傅采茜，即便她時常想著自己是羅貝斯；但當涂嘆喊著自己小貝時，她又希望他能叫她傅采茜，這樣表示過去的傅采茜已不在他的心底徘徊。夜深人靜時，她時常會陷入茫然，自己到底是誰呢？她不是傅采茜，也不是羅貝斯。

「這個問題是什麼意思？」羅貝斯依然背對著荏苒。

「我只是在想，等到任務完成的那一天，妳會想回到永平嗎？」

荏苒的問題讓羅貝斯悚然一驚，這段對話並不在荏苒留下的語音紀錄裡。在先前的循環裡，荏苒問過這個問題嗎？是不是中間出了什麼差錯？

不，這只是荏苒開始對自身肩負的任務產生懷疑，她漸漸對於要與李聿融生孩子這件事起了動搖，事態發展還是走在歷史應有的軌跡上，沒事的、別緊張，羅貝斯在心裡安慰自己。

「妳別胡思亂想了，相信文姐和我的指示就對了。」羅貝斯說完便匆匆離開，她怕自己再不走，就會被荏苒看出她的心虛，更怕自己會脫口而出——

荏苒，妳最不能相信的，大概也就是文姮和我了。

★

荏苒所留下的最後一段語音紀錄，是在她來到西元一年後的耶誕夜。

羅貝斯不確定那天是不是就是荏苒生下孩子的日子，但她早已知曉自己的選擇——留在西元，陪伴她的父母，活出她自己的人生。

莉芙會帶走荏苒的孩子，也就是嬰兒時期的她。莉芙會把孩子與手環帶往西元消亡後的五百年至一千年間，即便這其中有許多無法說通的矛盾處，但是羅貝斯不願意細思。

現在她要想的是如何好好完成任務，其中唯一一個最大的變數就是燒死張析宇家人的那場火災，她只要確保火災一定會如期發生，應該就萬無一失了。

這麼一想，她稍稍放下心中的重擔，於是她大意了，在涂嘆生日那天，她買了蛋糕和涂嘆一起返回住處，忘了避人耳目，被狗仔拍到兩人進出同一棟大樓的照片，讓向來行事低調的她成了新聞頭條。

「我們要公開嗎？」涂嘆第一句話便如此問。

「公開……什麼？」羅貝斯遲疑地反問，心中冒出小小的期待與歡喜。原來雖然沒有說出口，但涂嘆早已認定自己與他是戀人關係嗎？

然而，涂嘆接下來的話卻澆了她一頭冷水。

「我們住在同一棟大樓，還有，妳其實不是傅采茜，真正的傅采茜另有其人。」涂嘆語氣沒有任何起伏，「我一直很好奇，傅采茜的遠房親戚不記得采茜的相貌就算了，但是妳的家人呢？他們也認不出妳？妳知名度這麼高，我不相信有哪個臺灣人沒聽說過妳，妳的家人也一定在電視上見過妳。還有無論我怎麼調查，妳的過去都是一片空白，怎麼可能有人的過去是一片空白？」

「你到現在還持續派人調查我？」羅貝斯不敢相信，「我們之間都……這麼久了，你為什麼不直接問我？」

「我不認為妳會對我說實話。」涂嘆朝她望去。

「所以一直以來，你都不相信我？」

「我沒有不相信妳……」坐在客廳沙發上的涂嘆站起身。

羅貝斯驀地往後退了幾步，掉下了不甘心的眼淚。

儘管她對於自我的身分認同仍在「羅貝斯」與「傅采茜」之間來回擺盪，她老是覺得她漂浮在幽暗的深海裡，看不清自己身處何處，也不知未來該如何前進，但涂嘆的陪伴就像是一根繩子，她揪著那根繩子，就不至於那麼倉皇無依。

如今涂嘆卻無情地割斷了那根繩子。

「采茜要你把你想給她的一切都給我，你卻沒有做到！這些年你一直喊我小貝，但我是傅采茜啊！讓『傅采茜』這個名字家喻戶曉的人是我！一直付出這麼多努力的人是我！」羅貝斯失控地大聲哭吼，這是她自有記憶來第一次情緒崩潰。

「我的確把一切都給妳了！」涂嘆慌了，上前握住羅貝斯的手。

「那愛呢？」羅貝斯抬起淚眼矇矓的眼眸看著他。

涂嘆猶豫了，他沒有立刻回答。

那樣的猶豫，傷透了羅貝斯的心。

她逃離了他們的住處，而涂嘆並沒有追出來。

羅貝斯跑進公園裡放聲大哭，直到接到荏苒的電話，她才猛然想起，今天就是張析宇家發生火災的日子。

「妳在這裡有成功的事業、有親密的戀人，我在這裡也有我重視的朋友，而在永平，我們除了自己什麼都沒有，文姐說過，就算我無法完成最終的任務也沒關係，那……」荏苒在電話那頭叨叨絮絮地說著，完全沒有察覺到此刻的羅貝斯傷心欲絕。

羅貝斯想著，和自己比起來，茌苒似乎幸福多了，起碼她身邊有愛著她的張析宇，兩情相悅，她還能和張析宇生下孩子。

而她呢？她算什麼？

從頭到尾，她都只是別人的替身，得不到誰的愛。

她留在西元做什麼？即便她選擇離去，涂嘆也不會傷心吧？

在這個瞬間，羅貝斯覺得自己被世界遺棄了，既然世界待她殘酷，那麼她也無須仁慈。

「妳想說什麼？妳不管永平了，妳要留在西元？」她口氣冰冷地打斷茌苒的話，之後說出的尖銳言詞更惹哭了茌苒。

聽見茌苒的哭聲，羅貝斯並不覺得心軟，也不覺得愧疚。

妳最後還是會幸福的啊，茌苒！但是我不一樣，我會一直這麼痛苦。

所以當張析宇接手與她通話時，她懷著惡意脫口而出：「如果我現在告訴你，那些都是眞的呢？如果說，關於永平、關於時光機、關於與擁有完美基因的西元男人生下孩子……如果茌苒口中的一切都是眞的，我和茌苒確實來自未來，你相信嗎？」

要是她也這麼告訴涂嘆，涂嘆會相信嗎？

她之所以在西元沒有過去，是因爲她來自未來。

即便心痛難忍，羅貝斯依然沒有忘記自己的任務，她必須確保張家的火災必然會發生。

不過連荏苒都不知道火災的真相，直到最後似乎也沒有抓到縱火案的兇手，所以文姮很擔心這場火災無法如期發生，畢竟這可是促成荏苒和張析宇兩人感情發展最重要的轉捩點。

★

羅貝斯知道張析宇的家在哪裡，而且從荏苒的語音紀錄裡可以得知，張析宇住家附近的監視器沒拍到任何可疑人士，這讓她有恃無恐。

先前她早已多次前往張家附近勘查地形，張家住的是一整排相連的老式公寓，她只要從巷頭第一棟公寓的大門走進去爬上頂樓，再從相連的頂樓翻牆而過至另一棟的頂樓，一路來到張析宇家住的那棟公寓即可。

她才剛從頂樓躡手躡腳下來，便正好目睹荏苒從張家奪門而出，沒過幾分鐘，張析宇也跟著追了出去。

羅貝斯走到樓梯間的雜物堆旁躲著，一面計算著時間。

根據荏苒留下的語音紀錄記載，荏苒和張析宇離開張家不過二十分鐘，張家的火勢就已大到無法控制，這表示他們出去沒多久，馬上有人縱火。

羅貝斯心急如焚，不斷環顧四周，卻沒發現任何異常。

怎麼可能？縱火犯差不多該出現了啊。

不是說起火點就是這堆雜物嗎？怎麼還沒有人過來？而且那人還得在張家的門鎖裡灌入強力膠，他們才會逃不……

就在此時，羅貝斯在那堆雜物裡，看見了一條用過的強力膠。

一個可怕的念頭驀地閃過她的腦中，她頓時如遭雷殛，明白了事情的眞相。

她沒有時間猶豫了，只能用顫抖的手拿起強力膠，緩緩走到張家門前，每一步都如此沉重艱難，好幾次她都快要因爲腿軟而跪下，但這條路很短，她很快就走到了盡頭。

她腦袋一片空白，像被下了指令的機器人，僵硬地將強力膠擠入門鎖的孔洞。

腥臭的強力膠氣味瀰漫在樓梯間，她甚至還把剩餘的膠往門縫上黏，然後走回雜物堆，拿出她背包裡隨身攜帶的打火機，點燃雜物堆裡的那疊報紙。

「我要確保所有的歷史事件都能重演……」羅貝斯失神地低喃，這是她來到西元最重要的任務。

她沒有選擇，只能殺了張家的那些人。

那些她的親人。

離開張家所在的那條巷子後，她沒有再回頭看向那場凶猛的大火。

當她腳步虛浮地回到家時，卻看見涂嘆面色焦急地等在樓下。

「小貝！」涂嘆衝過來抱住她，以爲她的茫然失神是爲了兩人方才的衝突。

羅貝斯目光呆滯，一動也不動地任憑涂嘆擁抱。

「妳不是采茜，我怎麼可能喊妳采茜。我希望妳能以自己原本的名字立足於人前，而不是用采茜的名字。」涂嘆貼在她耳邊解釋，「我對采茜的愛和對妳的愛是不一樣的，采茜已經永遠離開了，但是妳還在。」

他深情款款地捧著羅貝斯的雙頰，「我們結婚吧。」

羅貝斯看著他，再次痛哭失聲。

對羅貝斯而言，那一晚是她永生難以忘懷的一晚，她心中破了一個絕望的大洞，卻又被人塡滿。

她失去了什麼，卻也獲得了什麼。

然而這一切，她明白永遠都只能是祕密，除了她，沒有人會知道。

★

利刃從背後穿過心臟後，儘管眼前的視線逐漸模糊，羅貝斯還是能看見荏苒褪去血色的面容。

自從荏苒懷孕後，羅貝斯終於有了荏苒是她媽媽、張析宇是她爸爸的實感，她時常想著，要是沒有時空穿越、拯救人類永續生存那些事，他們一家三口會不會過得幸福又快樂？

在涂嘆終於向她表明心跡後，她開始對家庭有了憧憬，加上涂嘆也對她說想要有個孩子，但莉芙卻義正辭嚴地說她不該有孩子……

爲了擺脫命運的桎梏，爲了證明她已經能夠掌握自己的命運，爲了做出她眞正想要的選擇，所以她答應了涂嘆，她也想和愛人生下一個孩子。

然而最終，她還是命運之神手裡的一顆棋子。

隨時都可以被犧牲的棋子。

就連自己的母親荏苒也是。

羅貝斯落下淚來，沒想到她們母女兩人會迎來這樣的死亡，在閉上眼睛前，她看見張析宇奔向荏苒，口中發出痛苦的悲鳴。

爸爸、媽媽，對不起，一直到最後，都沒辦法告訴你們眞相。

這句道歉，羅貝斯永遠無法說出口了。

★

狂風吹亂莉芙紅色的長髮，懷裡的嬰孩啼哭不止，莉芙腳踩在女兒牆上，強風幾度颳得她站立不穩。

她往下看，感受因高度而帶來的暈眩，接著將目光轉向懷裡的嬰孩，輕聲說：「這一切都是爲了妳啊……如果此刻我把妳丟下去，那麼是不是在妳生命中止的那一瞬間，永平就會消失？連帶我也會消失？」

莉芙的雙手和身上的衣服都沾滿了鮮血，荏苒和傅采茜的血。

「文姐本來就知道事情會這樣發展嗎？她不是說了，等荏苒生下孩子，時光機就會過來接我嗎？」她喃喃自語，金黃色的美麗雙眸完全失去了神采。

事情爲什麼會變成這樣？

爲什麼她會親手殺掉傅采茜和荏苒？

那不是她的本意，她只是要完成任務。

不，是不是她的本意並不重要，重要的是若要完成任務，她們兩個就必須死，不然，永平會滅亡的。

對，就是這樣，她做得沒錯，她必須以任務爲重，以人類永續爲重才對。

可是爲什麼，她的心會這麼難受？

彷彿被千刀萬剮一樣，她都不知道自己的心能疼痛如斯。

莉芙低下頭，發現嬰孩臉上一片濕濕亮亮，原來她早已在不知不覺間淚流滿面，滴落的淚水濡濕了嬰孩的小臉。

她一直都知道荏苒肚子裡的孩子就是傅采茜，或者，應該稱呼那孩子爲羅貝斯，而她的任務就是要帶著那孩子回到西元消亡後、永平建立前的那段期間。

文姮當初是這麼告訴她的……

★

文姮穿著一襲藍色長裙，銀色的長髮柔順地披散而下，綠色的眼珠沉穩安靜地注視著面前的女孩。

「妳就是莉芙。」文妲綠色的眼眸裡毫無情感，語氣卻無比溫柔，「別哭，這是命運賜予妳的使命。」

「文妲……我不知道自己……做不做得到……」莉芙俯跪在地，眼淚不斷湧出。

文妲告訴她的，是關於這個世界的眞相。

在西元消亡後、永平建立前的那段期間，地球上只剩下少數的人類，當時有兩個人乘坐時光機出現，一個來自西元二〇二〇年，一個來自永平三〇五一年，他們帶來了永平先進的科技、一批永平人的DNA材料，以及一個西元人和永平人混血的嬰兒。

他們的出現，是人類得以復興最重要的一環。

也因爲他們，才有了後來的永平。

所以文妲才會陸續將羅貝斯、荏苒、莉芙等人派到西元，完成一系列的任務，每個環節都必須環環相扣，才能讓歷史完美地銜接上。

而莉芙回到過去最重要的任務，便是在「最後那一天」帶走荏苒的孩子還有張析宇，搭乘時光機前往西元消亡後、永平建立前的那段期間。

她從最開始就知道，荏苒註定要獨自留在西元，可當時她想，還有羅貝斯陪著她，不要緊的吧。

不料，文妲卻說羅貝斯不能留有子嗣……文妲是不是早就知道羅貝斯會想誕育後代？文妲知道自己會殺了羅貝斯嗎？還是是她倉促之下做錯了決定，其實還有其他方法可以解決？

莉芙頭痛欲裂，她殺了傅采茜、殺了荏苒，也彷彿殺了一部分的自己。

她以為自己不會傷心，可是她卻傷心了，並且心痛難忍。

「妳可以做到的。荏苒和羅貝斯都做到了，我相信妳同樣能做到。」

文妲當時的話語還言猶在耳，卻已起不了任何作用。

莉芙抱著嬰孩，搖搖晃晃地站在大樓樓頂的女兒牆上，看著下方的車水馬龍，她不斷搖頭，喃喃道：「我做不到，文妲，我沒辦法……」

莉芙腦中浮現許多與荏苒相處的點點滴滴，以及羅貝斯，這個和她擁有相同祕密，卻知道得比她還要少一點的可憐人。

人類的永續，怎麼會比得上身邊重要的人？

她到底做出了什麼無可挽回的事啊？

至少……她不能讓這一切再次發生……

那該死的循環，就在她這裡結束吧……

莉芙緊摟著懷中的嬰孩，閉上眼睛，決定縱身從頂樓一躍而下，讓她到另一個世界向她們解釋和賠罪吧。

「莉芙——」

莉芙全身一震，睜開眼睛回過頭，只見氣喘吁吁的李聿融驚慌地衝上前來，「妳在做什麼？不要想不開！」

電光石火間，莉芙想起了李聿融那句告白。

「莉芙，我們要不要試著交往看看？」

原來她當時內心的百感交集，有歡喜，也有那身不由已且無法明說的悲哀。

是呀，如果她也能選擇留在西元生活，她一定也會想和傅采茜一樣，與所愛之人長相廝守、建立家庭……

「不是早就從我們的基因裡移除了情感嗎？原來……那些情感一直被禁錮在我們的內心深處，等待合適的時機破繭而出。」莉芙淒楚地望著李聿融，儘管她已然體會到何謂愛一個人，可惜她卻永遠無法體會與愛人長相廝守的快樂。

「莉芙，妳別衝動，先下來，我們好好談——」李聿融一邊說一邊小心翼翼地接近莉芙。

才剛目睹五〇三室的慘況，現在又看到莉芙滿身是血，李聿融隱約猜到莉芙就是兇手，可他不明白爲什麼莉芙要殺了荏苒和傅采茜，但現在不是問這些的時候，向來理智冷靜的莉芙，此刻竟一臉迷亂，目光茫然，況且她手裡還抱著張析宇的孩子……

李聿融想著，無論如何，都必須得先讓莉芙從女兒牆上下來。

「李聿融，謝謝你。」莉芙看了眼懷中的嬰兒，又看向他，「沒辦法回應你的告白，我很抱歉。」

「沒關係，妳先下來，我們往後有的是時間……」李聿融一步一步緩緩朝莉芙走近。

「我所做的一切，都是爲了完成文姐交付的任務，我曾經對此毫不懷疑。」莉芙的眼淚不斷從眼角滑落，「但來到這裡的時間一久，我卻開始有了疑慮，可是我選擇視而不見，一直到我完成任務，我才後悔了。」

李聿融聽不懂莉芙在說什麼，只要他再前進幾步，就能將莉芙從女兒牆上拉下來。

「我做錯了事，我會負起全部的責任，讓可怕的錯誤就此結束，結束這個可怕的錯誤以後會發生什麼事呢?可惜我看不到了，但要是我死了，歷史被改變了，永平也不會存在了，張析宇應該會忘了所有關於永平的事，忘了荏苒、羅貝斯還有我吧……這樣很好，對吧……」莉芙抱緊懷中的嬰兒，看了李聿融最後一眼，「再見，李聿融，很高興能認識你。」

然後莉芙毫無預警地往後仰躺，直直從女兒牆上墜了下去。

「莉芙——」李聿融驚恐地瞪大眼睛，飛奔上前，企圖抓住莉芙，卻撲了個空。

在莉芙跌落的那一瞬間，一雙男人的大手驀地從旁飛快搶過她手裡的嬰兒，卻完全沒有要拉住莉芙的意思。

在看清男人的面容後，莉芙瞳孔一縮，頓時想明白了。

與張析宇一同帶著嬰兒去到西元消亡後、永平建立前那段期間的永平人，其實不是自己，而是另有其人。

文姮沒有騙她，只是語帶保留罷了。

「辛苦妳了，莉芙。」貝克揚起燦爛的微笑，穩穩地立在牆邊。

原來她所做的事並不是打壞循環，而是完成了循環。

體認到自己無論怎麼努力，都逃不過命運的桎梏，莉芙絕望地閉上雙眼，和荏苒、羅貝斯一起在同一天步向死亡。

「啊……啊啊啊……」親眼目睹莉芙跳樓身亡，李聿融全身的力氣彷彿都被抽走，搖搖晃晃地跪坐在地上，發出接近嘶吼的哀鳴。

「哇哇——」

貝克懷中的嬰兒放聲大哭，貝克皺眉。

「嘖，我從來沒有照顧過嬰兒，還眞是麻煩。」貝克張望四周，「西元的空氣眞差，得快點離開。」

說完他抱著嬰兒一溜煙離開頂樓，而李聿融深陷在強烈的震驚與悲傷中，一時無暇顧及貝克的舉動。

貝克搭電梯回到五樓，電梯門一打開，就看見薛姍姍站在電梯前，面色驚恐地拿著手機報警，門戶大開的五〇三室傳來男人撕心裂肺的哭聲。貝克撇撇嘴，覺得西元的空氣與食物大概有毒，否則從永平過來的三個人，怎麼都受到毫無意義的情感所影響，導致丟失了生命呢？

不過，這也是命運的安排吧，歷史本來就該這麼發展。

他從薛姍姍身旁掠過，筆直朝五〇三室走去。

貝克看了眼被摟在張析宇懷中的荏苒，以及一旁倒臥在血泊之中的羅貝斯，不過他沒時間感嘆。

他不由分說便拉起張析宇，「張析宇，我們走吧。」

張析宇一見到白髮藍眼、身材高壯的貝克，不由得微微一愣，隨即意會過來，貝克大概也跟莉芙一樣，是從未來過來的永平人，他目光往下移，注意到他懷中的嬰兒。

「這、這是我和荏苒的女兒嗎？」他想伸手接過嬰兒，貝克卻巧妙地閃開，並彎腰取下荏苒手腕上的手環。

「可不能忘記這個。」貝克不客氣地揪住張析宇的衣領，「好啦，走吧。」

「你是誰？你、你要做什麼？」薛姍姍結束與警方的通話，匆忙走回屋內，被貝克奇異的外型嚇了一跳，此時李聿融也從頂樓腳步蹣跚地回到五〇三室。

「閒雜人等變多了，我得快點了。」貝克喃喃道，抓著張析宇大步往張析宇和荏苒的房內走去。

「放開我！我要待在荏苒身邊！」張析宇奮力掙扎未果，平時缺乏鍛鍊的他完全不是貝克的對手。

「荏苒已經死了喔。」貝克無情地指出，他揪著張析宇踏入房內，時光機就停在衣櫃前的那片空間。

「荏苒沒有死！」張析宇怒吼。

「荏苒死了，不過就某個層面來說，荏苒確實還活著。」貝克說完便將張析宇推入時光機，再把嬰兒塞到他懷中，然後自己也坐上時光機。

「坐穩啦，雖然不會有太大的震動就是。」貝克呵呵笑了兩聲，時光機的機身泛起流動的銀光，隨後衝進房間的薛姍姍和李聿融，正好目睹貝克等人消失的瞬間。

「這是……怎麼回事？」薛姍姍疑惑道。

貝克等人在他們眼前憑空消失，留下難以解釋的謎團，而這起離奇的案件，成爲西元史上著名的懸案之一。

★

坐在半透明的時光機裡，防護罩外是一道道光彩奪目的光流，華美絢爛，張析宇卻無心欣賞，他大概猜到這位來自永平的陌生男子，帶他坐上了時光機。

「你是要帶我去見文妲嗎？」張析宇問貝克。他暗自決定一見到文妲，必定要想盡辦法揍她一拳，她才是釀成這場悲劇的始作俑者。

「不，我們要去的不是永平，而是西元滅亡後、永平建立前的那段期間。」貝克臉上難掩興奮，「歷史並未對那段期間有太多記載，剛好可以趁這個機會見識一下。」

「那跟我有什麼關係？為什麼要把我牽扯進去？」張析宇悲怒交加，握緊拳頭就往貝克臉上揍落。

「好痛！」貝克原本還興致勃勃地欣賞防護罩外的光影流竄，他不可置信地扭頭看向張析宇，「你為什麼要打我？」

「我為什麼不打你？荏苒她們的死都是你們永平人害的，你給我解釋清楚！」張析宇氣急攻心，一手抱著嬰兒，一手毫無章法地猛往貝克身上捶打，時空機裡空間狹小，貝克想躲也沒地方躲。

「唉唷，別急，到了那邊之後，你就會知道所有的眞相了。」貝克一直以來都對時光機和過往的歷史充滿好奇，如今他居然能幾次搭乘時光機，甚至參與重要的歷史事件，光想就令人興奮。

一切都從他們搭上諾亞八號那艄輪船開始。

荏苒先被叫去見文姮，接著是莉芙，最後便是他。

能夠親眼見到地位至高無上的文姮，貝克相當激動，尤其文姮還交給他一個至關重要的任務——前往西元二〇二一年，在荏苒、羅貝斯、莉芙相繼死亡後，把張析宇和荏苒的女兒，也就是小羅貝斯帶往西元滅亡後、永平建立前的那段期間。

沒過多久，時光機便抵達了目的地，防護罩外的景象清晰地映入張析宇的眼簾，讓他驚訝不已，他曾經聽荏苒說過西元滅亡後、永平建立前的「歷史」，他以爲自己見到的會是遍地蠻荒。

「西元的滅亡，並不等於文明的滅亡。」貝克洋洋得意地指向前方那一片相較西元有過之而無不及的繁榮進步景象，「西元滅亡，指的是人類滅亡。」

第七章　未來是一場沒有盡頭的陪伴

步出時光機後，張析宇茫然地環顧四周，視線所及皆是高聳入雲的摩天大樓，街道上人群熙熙攘攘，如果……他們能稱得上是人的話。

那些在街道上走動的「人」，都是長得一模一樣的機器人，儘管他們模擬人類的外型製成，有頭顱、軀幹和纖長的四肢，甚至也有臉和五官，但他們身上未著寸縷，直接裸露出閃爍著銀白光澤的金屬機身。

「走，我們得想辦法找到麻旦家族的人。」貝克似乎不以爲異，逕自拉著張析宇往前走去。

約莫五分鐘後，一群機器人帶著武器衝過來將貝克等人團團圍住。

「你們是誰？」

張析宇護好懷中的嬰兒，畏懼地後退一步。

「西元第三次世界大戰戰爭後期，人類幾乎已全數死於戰火之下，少數活下來的也熬不過饑荒和疾病，最終迎來了種族滅亡。西元滅亡後、永平建立前的近千年間，其實是屬於機器人的時代。」貝克將文妲告訴他的眞相轉述給張析宇知道，然後他高聲對那群機器人說：「我們是人類！我們要見麻旦家族。」

「你們不可能是人類，人類早就滅絕了。」一個機器人高舉手中的武器瞄準貝克等人，但他很快察覺有異，儘管對方三人和機器人一樣擁有人類外型，他們身上散發的熱能溫度卻與機器人不同，而且處處表露出高等智慧生物的特徵。

「快通知麻旦！」所有機器人都同時意識到這一點，立刻回報高層，並接獲指示要將三人帶往城市中樞。

「不，我認為由麻旦過來更適合。」貝克驕傲地指向身後的時光機，「他應該會想見見這個。」

「那是……」其中一個機器人問。

「時光機嗎？」另一個機器人接話。

科技進步如他們，也尚未有能力製造出時光機，加上突然出現的三名人類，這兩個爆炸性的消息引起機器人們的騷動。

不一會兒，一個外型與其他機器人明顯不同的機器人搭乘磁浮車前來，他個頭矮小，機身通體潔白，乍看之下竟稱得上有點可愛，然而他並未像其他機器人一樣具備擬似人類的下肢，而是透過下盤的滾輪前進，待他來到跟前，便能發現遠觀潔白的機身已然破舊不堪。

「您就是麻旦對吧！」貝克內心十分激動，急不可待地上前一步。

「人類……沒想到……我還能看見……人類……」那小機器人發出的聲音斷斷續續，彷彿是音訊元件出了問題。

「麻旦，他們眞的是人類？但人類早就滅絕了啊！」機器人A搶先說。

「麻旦是唯一見過人類的機器人，他存在的時間比我們都長，如果他判斷他們是人類，那他們一定就是人類。」機器人B插話。

「原來創造出我們的物種，就是長這樣啊。」機器人C也說。

那群機器人紛紛放下武器，仔細打量張析宇一行人，麻旦卻不然，反倒逕自移動至時光機旁邊。

過了好一會兒，麻旦才再次出聲：「你們……是乘坐這個……過來的？這是……」

「這是時光機！爲了完成歷史的循環，請您務必好好保存它，不過我們也不知道時光機到底是怎麼來的，只知道這臺機器是從這個時代留存到我們那個年代……」貝克話都沒說完，便挨了張析宇重重一拳。

「哇！」貝克一時沒有防備，被張析宇打中左臉，同一個地方已經被張析宇打了兩次，他忿忿道：「你幹麼一直打我！」

「你把我帶來這什麼鬼地方？快帶我回西元！我要見荏苒！」張析宇面色因氣憤而脹紅，雙手緊緊護著懷裡的女兒。

「這是嬰兒……大家，快點把嬰兒……帶往舒適安全的地方……」麻旦此時才注意到張析宇懷裡的嬰兒，立刻囑咐其他機器人接過嬰兒。

只是那些機器人粗手粗腳，根本不知道如何對待嬰兒，加上張析宇也不願意把女兒交給別人，最後索性把張析宇一併推上磁浮車，一群機器人簇擁著他們前往麻旦的住處休憩。

「這到底……是怎麼……回事？」麻旦問貝克。

「哇，西元人還眞是暴力。」貝克揉揉左臉，「給我點時間，我會跟您解釋清楚的，但是剛剛那個西元人也必須在場才行，否則我又得再多說一遍。」

「好，那我們也……一起先回我的住處，各位，把這臺時光機……小心搬往第一大樓地下三層……放好。」

「是的！」剩下的機器人們順從地聽令行事。

★

張析宇抱著女兒被送到一處布置明亮溫暖的房子，其中一名機器人指示他可以進入一間臥室休息，然而他卻未能安下心來，始終驚疑不定。

「哇哇……」

懷中的女兒忽然放聲大哭，張析宇更慌張了，他也是第一天當爸爸，根本沒有照顧嬰兒的經驗，只得拚命用各種他想得到的方式安撫女兒，好不容易才哄得女兒止住哭泣，沉沉睡去。

他小心翼翼地把女兒放在床上，直到現在他才有心思好好看著自己剛出世的女兒，只是看著女兒稚嫩安詳的睡容，他卻絲毫沒有初爲人父的喜悅，只覺悲從中來。

「寶貝，爸爸一定會想辦法回到西元，讓妳好好長大……」張析宇喃喃道。

「這是不可能的，你們父女是不可能回到西元的。」貝克的聲音在張析宇身後響起，他和麻旦站在臥室門口，身後還跟了幾個機器人。

「你……」張析宇扭頭一見到他，又想衝上去揍他，貝克連忙閃開，幾個機器人也上前擋在張析宇和貝克之間。

「好了……好了，雖然我很……懷念人類……一言不和……就起爭執……的性格與……行事方式，但當務之急……是得先……照顧……這個……孩子……」麻旦講話並非刻意放緩，似乎是他機器內部不知道哪裡出了問題，導致聲音斷斷續續。

一名機器人說了句「失禮了」，上前打開麻旦的後腦勺，安插某個元件進去，麻旦凝滯半晌，再開口時，已換了另一個較爲尖細的嗓音。

「謝謝，接下來請爲客人準備熱水洗浴，並準備成年人類所需的食物，以及嬰兒奶粉或其他營養替代品。」麻旦話聲流暢地吩咐下去，一改先前的窒礙。

「人類都已經滅亡了，你們還有人類的食物啊？」貝克好奇無比，「還有你們也不需要休息，爲什麼房間裡卻有床？」

「這幾十年來，我們一直致力於動植物的生態復育，擁有一大片生態觀察保育區，提供人類飲食完全不是問題。至於房間裡爲什麼會有床，是因爲我們當初是人類創造出來的，便在許多方面盡可能保留或延續人類的生活習慣。」一名機器人解釋。

「好了好了，你們快去準備，接下來就讓我來跟他們聊吧。」麻旦說完，其他機器人立刻四散，各自作業。

很快地，一名機器人捧著一盆熱水和一條毛巾進房，似乎是想幫嬰兒擦拭身體，張析宇本不想讓機器人碰觸自己的女兒，麻旦卻用溫和的語氣告訴他，不用擔心，該名機器人植有模擬人類母親的程式，知道如何照料嬰兒。

猶豫片刻，張析宇讓開站到一旁，看著那名機器人熟練地用熱毛巾替女兒擦拭身體，接著接過另一名機器人手中的奶瓶，試過奶水的溫度後才餵給女兒喝，而女兒大概是餓壞了，一下子就把整瓶奶喝得精光，機器人輕柔地替她拍背，她打了個嗝，隨後進入了夢鄉。

「他怎麼知道要做這些……」張析宇有點慚愧，自覺若是自己來做，做得都不會有機器人好。

「我在所有機器人的中樞晶片裡，都設置了讓他們模仿人類行爲的程式，然而再怎麼模仿，終究不是人類，他們或許能照本宣科做出人類會有的舉動，但也就只是這樣而已。」麻旦有些感慨。

過去他也曾讓機器人擁有宛若人類的外貌，細節處甚至與人類難分眞假，但是機器人沒有感受情緒的能力，臉部表情不會有變化，作爲曾經與人類相處過的機器人，麻旦更能感受其中的差異，於是他放棄了這種作法，不再使機器人的外型與人類維妙維肖。

麻旦很懷念人類，即便人類最一開始創造出機器人的目的，是爲了戰爭。

「戰爭？」張析宇終於稍微從失去荏苒的悲痛中抽離出來，願意好好與麻旦對談。

「對，西元末期，第三次世界大戰爆發，各國戰爭不斷，整個地球無一國能倖免於戰火，軍民死傷慘重。當時幾個強國的科學家都致力研發戰爭型機器人，最後漸漸演變成機器人與機器人之間的戰爭，爲地球環境與自然生態帶來毀滅性的傷害，使得那些僥倖逃過戰火的少數人類，也因糧食匱乏與大規模流行的瘟疫而走向滅絕之路。」

張析宇疑惑問道：「機器人不是需要遵守什麼三大法則嗎？你們爲什麼可以參與戰爭？這樣不是可能會傷害到敵軍的人類嗎？」

「你是說西元時期的科幻小說家艾西莫夫所提出的三大法則嗎？」麻旦回。

「那是什麼？」貝克訝異地問。

「所謂的機器人三大法則分別是：第一，機器人不得傷害人類，或坐視人類受到傷害而不予理會。第二，機器人必須服從人類命令，除非這條命令違背第一法則。第三，機器人必須保護自己，除非違背第一和第二法則。」麻旦解釋，「小說家又在他的另一部作品中，提出第零法則作爲補充，機器人不得傷害整體人類，或坐視整體人類受到傷害。」

「對對對，就是這個，難道你們身上沒有植入類似這樣的法則？」張析宇點點頭。

「當然沒有，這些所謂機器人法則，是小說家的理想，然而殘酷的是，我們是作爲戰爭機器被製造出來的。」麻旦耐心說明，「可是，我們身上確實有接近第零法則的設置，無法坐視整體人類受到傷害。在人類幾乎滅亡的時候，我們意識到再這樣下去，整體人類將會受到不可逆轉的傷害。」

所有的機器人自發性地停下戰鬥，轉而試圖幫助殘存的人類生存下去，卻爲時已晚，那些人類都已遭受大規模的核輻射傷害，DNA中產生結構性的改變，導致陸續罹癌身亡。

「直到地球上最後一名人類死亡後，我們這些機器人不知道接下來要以什麼爲目標？沒有人給予我們新的指令，我們不用再去打仗，也不用再去保護人類，但我們最熟悉的生物就是人類，把我們創造出來的也是人類，於是我們開始自我模擬人類生活。隨著時間過去，我那一代的機器人逐漸老舊淘汰，即便進行過記憶晶片的轉移，有些機器人選擇刪去關於人類的記憶，有些機器人則對於人類的存亡無動於衷。最後依舊懷念人類的機器人只剩下我了，這讓我感覺很寂寞，我見過人類的黑暗，也見過人類的光輝，這樣一個複雜矛盾的物種滅絕，一直讓我覺得很可惜。」

儘管麻旦沒有表情，聲音也沒有起伏，張析宇卻覺得自己可以感受到他的悲傷。

「即便是機器人，也是有使用年限的。在我這具身軀即將被淘汰之際，居然有人類乘坐著時光機出現，這是何等的奇蹟！快告訴我，到底發生了什麼事？爲什麼你們會過來？」

「等一下，你說人類已經滅絕，剩下的全都是機器人？那爲什麼到了永平，世界又換成人類主宰了？機器人去哪了？」張析宇剛問完一連串問題，隨即一愣，「等等，永平人將厤旦家族視爲最至高無上的存在，而你名叫厤旦……」

貝克興奮地連連點頭，「我也是經由文姐告知才得知眞相，原來他們全都是機器人！」

文姐，不，所有擁有綠色眼眸的永平人，包含學校老師、部分政府公職人員、商店店員、諾亞船上的服務生，那些維持永平社會運作的人，全都是機器人。

他們所做的一切，都是爲了保障人類能夠平安在地球上生存。

「機器人爲人類的永續生存，做了非常多的努力與犧牲。」貝克語氣裡帶著與有榮焉的意味。

「就爲了這個原因，所以殺了我的家人？殺了荏苒和羅貝斯？」張析宇才不在乎什麼人類的永續生存，他只在乎自己的家人朋友。

「人類永續生存的重要性，遠在個人的小情小愛之上。」貝克皺眉，不懂爲何張析宇老是執著於小處。「對了，麻旦，這是文妲要我從永平帶過來的，這是一批人類的DNA材料。」

麻旦從貝克手上接過一個巴掌大的小盒子。

「不過只有這些不夠，還需要別的。」貝克視線落向躺在床上的嬰兒。

「你別想打我女兒的主意！」張析宇想衝回床邊護住孩子，卻被兩旁的機器人給輕輕拉開。

「她睡著了，請你動作別這麼大。」

「我是她的爸爸！」張析宇無法忍受這瘋狂的一切。

「張析宇，你知道那個嬰兒是誰嗎？」貝克喊著，「還有，你知道羅貝斯、莉芙的任務分別是什麼嗎？」

「我還管什麼任務，她們都死了，都不在了……」

「羅貝斯還在，她就在這裡，而荏苒和莉芙也會再次出現。」

貝克的話讓張析宇一愣，「你說什麼？」

貝克指著床上的嬰兒，「她就是羅貝斯，你和荏苒所生下的孩子就是羅貝斯，或者你習慣叫她『傅采茜』。」

「你、你在說什麼鬼話？」

「不過嚴格來說，這個孩子並不能完全等同於你所認識的羅貝斯，你所認識的羅貝斯，只是你女兒的複製人。文姮保留了你女兒的DNA，在三千多年後的永平製造出羅貝斯。然後，你的基因、你女兒的基因、我的基因，以及那批永平人的DNA材料，透過人工生殖技術，將成爲人類重新繁衍的起源，才有三千年後某一天荏苒的出生，這是歷史不變的循環。」貝克語氣充滿興奮，來到這裡後，他一直都處於情緒高昂的狀態。「這樣你懂了嗎？你明白我們所做的事有多偉大了嗎？」

「這眞的能做到嗎？」張析宇震驚地看向庥旦。

「就技術來說，絕對可以，我們之前沒能這麼做，是因爲缺乏健康人類的DNA材料。」庥旦迫不及待道：「我想立刻著手讓人類重返地球。」

「對了，請記住我剛剛跟您提過的，在復育人類的過程中，自基因中移除傲慢、怠惰、色慾、嫉妒、暴食、憤怒及貪婪等負面情緒。不過，有件事我實在很好奇，人類由於自身的貪婪與野心而發動戰爭，可以說是自取滅亡，你們現在這樣只由機器人組成的社會也不錯，爲什麼您會想要復育人類呢？」貝克是個求知欲旺盛的人。

「我見過人類的美好，見過那些機器人無法創作出來的壁畫、文章、音樂和建築，正是因爲人類擁有豐沛的情感，才能產生那些創作。」庥旦有些遲疑，「我一定得移除那些情感嗎？」

「爲了遵循歷史的軌跡，您必須這麼做。」貝克聳肩，「況且透過歷史可以得知，人類是學不會教訓的，若是想要維持永久的和平，這是唯一的解決之道。」

「這麼說也是。只是人類少了那些情感，也會失去很多東西。」麻旦陷入兩難。

「你的意思是，三千年後，茌苒將會和那時候的我再次相遇？」在旁愣愣聽著他們討論的張析宇，猛地抓住貝克的手臂。

「是啊，如果你需要的話，以現前的技術，麻旦也能製造出一個外型和茌苒一模一樣的機器人給你。」貝克振振有辭。

「那樣的茌苒還是茌苒嗎？」張析宇氣得幾乎要破口大罵。

「外貌和聲音都和茌苒一模一樣，有差嗎？」貝克不解。

「當然不一樣，她是機器人！而且我和茌苒的回憶呢？她怎麼可能會有那些記憶？」張析宇掉下眼淚，「這樣的她不可能會是茌苒！」

「你到底在堅持什麼？」貝克眞的不明白有哪裡需要糾結。

「這樣的世界有什麼意義？我爲什麼要在乎那麼久以後的未來，然後反覆讓我的茌苒和女兒再次經歷這些痛苦呢？」張析宇咬牙切齒說完，轉身往床上的嬰兒撲過去。

「快抓住他！」貝克警覺地大叫。

機器人們眼明手快，一個抱著嬰兒跳離，另一個則反手抓住張析宇。

「張析宇，在人類存亡的重要時刻，你個人的小情小愛一點都不重要！」貝克認眞地看著他，「全體人類的利益才是最爲重要的，能在歷史轉捩點占有一席之地，你不是應該感到光榮嗎？」

「光榮個屁！我在乎的只有我的孩子、只有荏苒！人類存活、地球毀滅什麼的關我什麼事啊！」

「唉，西元人就是如此自私，才會導致人類滅亡。」貝克搖頭，「不關你的事、也不關荏苒的事、更不關羅貝斯的事，然後呢？有一天，總是會禍延你的子孫吧？還是你又要說那也不關你的事了？」

「那是太久之後的未來……我管不了那麼多，我只想讓荏苒和女兒陪在我身邊……」即便知曉了所有的眞相，張析宇也不願意接受。

「老實說，你的想法一點都不重要。」貝克轉向麻旦，「請開始進行人類的復育工程吧。」

麻旦多看了張析宇一眼，便同意了貝克所言，先一步離開寢室。

「等一下！」張析宇想追出去，卻被機器人的手臂牢牢箝制住。

貝克走到床前抱起嬰兒，也跟著離開寢室，不顧身後張析宇憤怒的咆哮與卑微的懇求。

★

接下來幾天，張析宇獨自被軟禁在屋內，由機器人守衛並定時送來膳食，他嘗試各種辦法想要逃出去卻徒勞無功，絕望之下，他痛苦地拍門大吼，要機器人放他出去，機器人卻始終無動於衷，一概充耳不聞。

機器人不需要休息，可張析宇需要，幾天的抗爭下來，他耗盡了力氣，幾乎心灰意冷。

每到深夜，他躺在床上都會想起荏苒，兩人曾經如何快樂，曾經如何滿懷希望地勾勒未來一家三口的美好生活。

如今，那些未來再也實現不了。

他認清了現實，明白荏苒已然死去，而他唯一能向命運做出反抗的，便是不讓兩人的女兒再次踏上相同的命運。

既然活著已無幸福的可能，不如讓一家三口在另一個世界團聚吧。

暗自下定決心後，張析宇想著自己必須先找機會見到女兒，只要一見到女兒，他就要讓她在最短時間內死去，盡量降低她臨死前的痛苦，然後再自盡，只有這樣才能夠對抗那該死的命運。

隔天一早，趁著機器人送膳食過來時，張析宇提出要求，說自己想見女兒，機器人表示會再請示上級。

一直到天色暗下，麻旦和貝克才領著一名抱著嬰兒的女人出現在屋內。

看清那名女人的面容後，張析宇又驚又喜，簡直不敢相信自己的眼睛。荏苒穿著白色連身窄裙、白色褲襪，腳上是一雙白色長靴，完全就是兩人初次在夜店相見時的模樣。

「荏苒！」張析宇眼睛一熱，想也不想便衝過去抱住她，她肌膚柔軟溫熱，身上有著他熟悉的氣息。

張析宇再難抑制內心的激動，眼淚掉了下來，原來荏苒沒有死，原來世上還有所謂的奇蹟。

「你好。」荏苒的聲音在他耳邊響起。

「這麼客氣的問候是……」張析宇又哭又笑，話聲卻猛地一頓，很快發現不對，他稍微退開，雙手握住荏苒的肩膀，凝視著她的雙眼，卻未能在她的眼中發現同樣的驚喜。

「荏苒？」他不確定地喚了她的名字。

「是，我是荏苒。」她微微一笑。

「不，妳不是荏苒……」張析宇喃喃道，頓悟對方只是與荏苒外型一模一樣的機器人。

「我是荏苒呀。」她說。

「不！妳不是……妳不……」張析宇怒吼。

「荏苒」懷中的嬰兒忽然哭了起來，她連忙低聲安撫，嘴裡哼著搖籃曲，嬰兒漸漸止住哭啼。

張析宇不由得愣住了，這一幕曾是他夢寐以求的光景。

然而他卻也看得出，儘管「荏苒」低頭望著嬰兒，但她眼裡的情緒始終淡淡的，就像她方才望著他時一樣。

「你瞧，只要你願意，你可以當成荏苒還活著，只是失去了記憶，你們一家還是可以幸福度日。」貝克語聲輕快，這番話並無嘲笑或戲弄之意，他是眞心這麼認爲。

聞言，張析宇只覺荒謬至極，這算什麼？那個機器人絕對不是荏苒，他也不可能把她當成荏苒，他無法也不願自欺欺人，於是拒絕了這個提議。

從此之後，張析宇把自己關在屋裡，不見女兒，也不見「荏苒」，一日憔悴過一日。

貝克倒是無所謂，也不再試圖說服張析宇，他來到這裡肩負有更遠大的理念與使命，他運用自身在永平所學，一邊與麻旦共同復育人類，一邊以永平的制度與建築爲藍圖，努力協同機器人將地球環境改造得更適合人居。

有了製造出「荏苒」這名人形機器人的經驗，麻旦明白「荏苒」的情緒模擬能力還太差，於是他參照貝克的描述，再經過一段時間的研發，終於製造出另一名連面部表情都與人類維妙維肖的人形機器人，也就是文姮。

接著，麻旦下令將所有的機器人都改造成人形，並統一給予機器人一雙綠色的眼眸，也在與貝克商量後，著手編造歷史，隱瞞了人類曾經滅亡的事實，在史書上隱去了這段近千年的機器人時代。

★

「麻旦，張析宇還是不肯見我。」有著荏苒外型的機器人牽著六歲的小羅貝斯，淡淡道。

「我……去……找他……」麻旦身上的零件已然老舊到不堪修理。

麻旦敲了敲張析宇的房門，卻沒有得到任何回應。其實要破壞房門非常容易，但是麻旦沒有這麼做，他明白張析宇的痛苦，西元時期的舊人類情感豐沛，那可以是優點，也可以是致命傷。

麻旦也不強求，便在門外自說自話，他知道張析宇能聽見。

「我明白……就算我們能製造出……具有荏苒外型的人形機器人，甚至加以改良，讓她在各方面更肖似人類，她也不會是你記憶中的那個人……可是，真正的荏苒不是會出現在永平三千年間嗎？」麻旦斷斷續續地說著，「只要你活下去……總有一天，一定可以再見到她的。」

「我要怎麼活下去？要怎麼活到可以見到荏苒的那一天？」房間裡的張析宇終於出聲了。

「我們……可以將機器人的外表塑造成人類……而人類，也可以透過一連串的改造……成爲機器人……」麻旦說出他一直以來的打算。

貝克所描述的未來，確實是一個美麗的烏托邦，而要造就那樣的未來，總得要有所犧牲，但是這一切對張析宇來說太過殘忍。

他唯一能爲張析宇做的，就是讓他再一次見到他的妻子。

「如果我經過改造，我還是我嗎？」門後的張析宇聲音乾啞。

「你的記憶還會存在，不過你的記憶還是有可能會隨著時間流逝而逐漸模糊。」

麻旦坦白道，「但要是不這麼做，你怎麼能再見到荏苒？」

「那好吧。」張析宇幾乎沒有猶豫便答應了，他願意為了能與荏苒再次相見賭一把，況且他已經沒有什麼好失去了。

張析宇打開門走了出來，他明明還是二十幾歲的青年，外貌卻已蒼老許多，鬢邊白髮星星點點，眼神帶著閱盡世事的滄桑。

麻旦喚來貝克，安排自己與張析宇先後接受改造，先將麻旦的記憶晶片植入文姮的身軀，再由文姮與貝克一同將張析宇改造成機器人。

待張析宇再一次睜開雙目，他的眼眸已變成了綠色，而他身為人類的記憶依舊存在。

遵照歷史的軌跡，他為自己改名為佛得。

★

隨著時光流逝，連貝克都老邁死去的好久以後，十年、百年、千年過去，一直到永平三千年間，佛得來到永平第一大陸上的生命機構，等待一名將於今天誕生的嬰孩。

文姮站在他身後，安靜地看著他。

過沒多久，其中一個蛋形孵化器燈號由紅轉綠，佛得顫巍巍地走上前，打開孵化器的上蓋，抱起躺在裡頭的初生嬰兒。

「我終於見到妳了，羅貝斯。」他喃喃道，眼中情緒複雜難辨。

羅貝斯出生了，她將長成他在西元時期所認識的傅采茜。

而這也代表，十年後，荏苒也要來到這個世上了。

在永平生活了三千年，張析宇見證了永平社會的祥和安定與人民的安居樂業，他漸漸理解自己和荏苒等人所犧牲的一切換來什麼，他確實無法再為一己之私，毀了永平這個烏托邦。

為了不讓自己的存在，對羅貝斯和荏苒造成任何影響，為了不讓歷史產生偏差，所以佛得同意讓文姮封存他過往的記憶。

之後他搬往第二大陸，成為一名教授西元古文明的學校老師，生活平靜安穩，只是每當他看著那位名叫荏苒的女學生時，他都有種奇怪的感覺，混雜著熟悉、惆悵與心痛，卻又說不出原因。

在將荏苒送上時光機後，他忽然覺得好累好累，腳步沉重地回到住處，他昏昏沉沉倒在床上，進入了許久不曾進入的夢鄉。

在夢裡，他一手牽著一個女人，一手抱著一個小女孩。

當他醒過來後，他發現那些被封存的記憶都回來了，他想起所有的事，也想起自己昨天剛送走荏苒，親手將荏苒送進那無窮盡的命運輪迴。

他立刻前往第一大陸找尋文姮，一見到她便喊：「麻旦！」

文姮抬眼看向他，露出亦悲亦喜的微笑，或許是他的錯覺，他覺得自己在她的眼角瞥見淚光閃爍。

「張析宇，歡迎你回來。」

「我的荏苒呢？」佛得彷彿被抽盡身上所有的力氣，搖搖晃晃跪在地上，痛哭失聲。

文姮輕輕按住佛得的雙肩，誠心誠意道：「謝謝你付出的一切。」

謝謝他們一家人，爲了全體人類所奉獻的一切。

全文完

後記

來自遙遠明日的未來

這套書終於完結了！創作這樣帶有科幻元素的故事，對我來說眞的是一大挑戰，讓我身心俱疲。

我要在這邊先感謝我美麗知性的編輯馥蔓，要是沒有她幫我把關，劇情中的許多設定可能會出現更多漏洞。

話說爲什麼會想寫這樣的故事呢？

如果看過我直播或是聽過我演講的小Misa們，大概都會知道學生時代的我很愛畫漫畫。國中時，我畫過一個故事，男主角有天早上睡醒後，發現家裡多了一名陌生的女孩，女孩聲稱自己來自未來，同時她也是男主角的女兒，而這名女孩卻意外和男主角相戀，結局淒美浪漫。

於是我就想，或許可以把這個故事改寫成小說。

如此天眞的想法，開啟了我一連串苦不堪言的寫稿過程。

最後，《來自遙遠明日的妳》整個故事其實和我當初畫的漫畫截然不同，甚至連結局也不一樣。不過，漫畫中的女主角名叫「羅貝斯」，在《來自遙遠明日的妳》書裡，我也讓其中一個重要角色以羅貝斯為名。

你們會喜歡這樣的題材嗎？我大概短時間內都不會再嘗試寫這樣的故事了，所以請珍惜荏苒和張析宇他們，哈哈哈。

《來自遙遠明日的妳》故事進展到最後會揭曉，讓荏苒和張析宇等人反覆經歷痛苦命運的「藏鏡人」，其實是一群為了維護人類生存而不擇手段的機器人，機器人選擇犧牲荏苒和張析宇等人的幸福，來換取人類的生存，機器人這麼做是對還是錯？他們是愛著人類的嗎？

我曾看過兩部關於機器人的電影，這兩部電影奠定了我對機器人的基本認知，一部是《機械公敵》，另一部是《AI人工智慧》，很推薦你們去看。

《來自遙遠明日的妳》劇情牽涉的細節很多，在重新校稿時，我不斷產生「我是誰？我在哪？」的念頭，連身為作者的我都要頭暈了。但能寫出這樣的故事，也算是我寫作生涯中特別的一頁，我會記錄在記事本上的（？）

話說你們有猜到下冊如此急轉直下的發展和結局嗎？

一定有不少讀者有很多疑問吧，就讓我之後開個問答一起討論吧，儘管金魚腦的我，想必到時又會想著「我是誰？我在哪？」了。

最後，謝謝你們喜歡這個故事，也謝謝你們看完這個故事。

作爲二〇二〇年出版的第一個故事，荏苒還眞是讓我吃盡苦頭了呢（笑）

不過留下的，是美麗的一切啦！

Misa

城邦原創 長期徵稿

題材

(1) 愛情：校園愛情、都會愛情、古代言情等，非羅曼史，八萬字以上，需完結。
(2) 奇幻/玄幻：八萬字以上，單本或系列作皆可；若是系列作，請至少完稿一集以上，並附上分集大綱。

如何投稿

電子檔格式投稿（請盡量選擇此形式投稿）

(1) 請寄至客服信箱service@popo.tw，信件標題寫明：【投稿城邦原創實體書出版／作品名稱／真實姓名】（例：投稿城邦原創實體書出版／愛情這件事／徐大仁）
(2) 稿件存成word檔，其他格式（網址連結、PDF檔、txt檔、直接貼文於信件中等）恕不受理；並請使用正確全形標點符號。
(3) 請附上真實姓名、性別、聯絡電話、email、POPO原創網會員帳號、作者簡介與出版經歷。
(4) 請加入POPO原創市集（www.popo.tw/index）申請成為作家會員，並將投稿作品公開放上該網站至少4萬字，若想全文公開也可以。

紙本投稿

(1) 投稿地址：10483台北市民生東路二段141號6樓
城邦原創實體出版部收
(2) 請以A4紙列印稿件，不收手寫稿件。
(3) 請附上真實姓名、性別、聯絡電話、email、POPO原創網會員帳號、作者簡介與出版經歷。
(4) 請自行留存底稿，恕不退稿。
(5) 請加入POPO原創市集（www.popo.tw/index）申請成為作家會員，並將投稿作品公開放上該網站至少4萬字，若想全文公開也可以。

審稿與回覆

(1) 收到稿件後，約需2-3個月審稿時間，請耐心等候通知。若通過審稿，編輯部將以email回覆並洽談合作事宜，如未過稿，恕不另行通知。
(2) 由於來稿眾多，若投稿未過，請恕無法一一說明原因或給予寫作建議。
(3) 若欲詢問審稿進度，請來信至投稿信箱，請勿透過電話、客服信箱、部落格、粉絲團詢問。

其他注意事項

(1) 請勿抄襲他人作品。
(2) 請確認投稿作品的實體與電子版權都在您的手上。
(3) 如果您的作品在敝公司的徵稿類型之外，仍然可以投稿，只是過稿機率相對較低。

國家圖書館出版品預行編目資料

來自遙遠明日的妳／Misa著. -- 初版. -- 臺北市；
城邦原創出版 ：家庭傳媒城邦分公司發行,
2020.04
面；公分. --

ISBN 978-986-98071-6-6（上冊；平裝）. --
ISBN 978-986-98907-0-0（下冊；平裝）

863.57 108022827

來自遙遠明日的妳（下）

作　　者／Misa
企畫選書／楊馥蔓
責任編輯／楊馥蔓

行銷業務／林政杰
總 編 輯／楊馥蔓
總 經 理／伍文翠
發 行 人／何飛鵬
法律顧問／元禾法律事務所　王子文律師
出　　版／城邦原創股份有限公司
台北市中山區民生東路二段 141 號 6 樓
電話：(02) 2509-5506　傳眞：(02) 2500-1933
E-mail：service@popo.tw
發　　行／英屬蓋曼群島商家庭傳媒股份有限公司城邦分公司
聯絡地址：台北市中山區民生東路二段 141 號 11 樓
書虫客服服務專線：(02) 25007718．(02) 25007719
24小時傳眞服務：(02) 25001990．(02) 25001991
服務時間：週一至週五09:30-12:00．13:30-17:00
郵撥帳號：19863813　戶名：書虫股份有限公司
讀者服務信箱 email：service@readingclub.com.tw
城邦讀書花園網址：www.cite.com.tw
香港發行所／城邦（香港）出版集團有限公司
地址：香港灣仔駱克道 193 號東超商業中心 1 樓
email：hkcite@biznetvigator.com
電話：(852)25086231　傳眞：(852) 25789337
馬新發行所／城邦（馬新）出版集團 Cité(M)Sdn. Bhd.
41, Jalan Radin Anum, Bandar Baru Sri Petaling,
57000 Kuala Lumpur, Malaysia.
電話：(603) 90563833　傳眞：(603) 90576622
email:services@cite.my

封面設計／Gincy
電腦排版／游淑萍
印　　刷／漾格科技股份有限公司
經 銷 商／聯合發行股份有限公司
電話：(02)2917-8022　傳眞：(02)2911-0053

■ 2020 年 4 月初版
■ 2023 年 1 月初版 4.3 刷
Printed in Taiwan

定價／270元

ISBN　978-986-98907-0-0

POPO城邦原創 www.popo.tw　城邦讀書花園 www.cite.com.tw

本書如有缺頁、倒裝，請來信至service@popo.tw，會有專人協助換書事宜，謝謝！